… werden müssen, wie sehr mich das
… und braucht, was Ihr Brief an
Stimmung zu meinen Arbeiten ent-
… ; ich halte mich nicht dabei auf,
… zu versichern. Ergänzend will ich nur
schreiben, daß Ihr Worte, sehr mir ge-
… (mit dem ganzen Schwingen, das
… Worte sein Kern) zu mir kommen. Ich
… mich in den letzten Tagen immer wie-
… mit Ihrem Vortrag — vom Dichter u.
ser Zeit — beschäftigt, und so war ich
… Ihre Stimme gewöhnt und glichen die
… vorbereitet, Sie wieder zu hören.

        Ich war in diesen Tagen mehrmals
… daran, Ihnen zu schreiben. Auch dar-
… Sie mich verstehen. Aber ich fand doch im

릴케의 프로방스 여행

릴케의 프로방스 여행

MIT RILKE DURCH DIE PROVENCE

라이너 마리아 릴케 지음

이리나 프로벤 엮음 | 황승환 옮김

문학판

릴케의 프로방스 여행

초판 1쇄 인쇄 2015년 4월 10일
초판 1쇄 발행 2015년 4월 17일

지은이 라이너 마리아 릴케
엮은이 이리나 프로벤
옮긴이 황승환
펴낸이 정중모
편집인 민병일
펴낸곳 문학판

기획·편집·Art Director | Min, Byoung-il
Book Design | Min, Byoung-il
편집장 박은경 | 책임편집 박은경 한나비 | 디자인 박소희 이명옥
제작 윤준수 | 마케팅 남기성 이수현 | 관리 박지희 김은성 조아라 | 홍보 김계향

등록 1980년 5월 19일(제406-2003-026호)
주소 경기도 파주시 회동길 121(문발동)
전화 031-955-0700 | 팩스 031-955-0661~2
홈페이지 www.yolimwon.com | 이메일 editor@yolimwon.com

Printed in Seoul, Korea

ISBN 978-89-7063-867-6 02850
     978-89-7063-869-0 (세트)
책값은 뒤표지에 있습니다.

문학판은 열림원의 문학·예술 책을 전문으로 출판하는 브랜드입니다.

문학판의 심벌인 무당벌레는 유럽에서 신이 주신 좋은 벌레, 아름다운 벌레로 알려져 있으며, 독일인에게 행운을 의미합니다. 문학판은 내면과 외면이 아름다운 책을 통하여 독자들께 고귀한 미와 고요한 즐거움을 드리고자 합니다.

이 도서의 국립중앙도서관 출판예정도서목록(CIP)은 서지정보유통지원시스템
홈페이지(http://seoji.nl.go.kr)와 국가자료공동목록시스템(http://www.nl.go.kr/kolisnet)에서
이용하실 수 있습니다. (CIP제어번호: CIP2015010434)

라이너 마리아 릴케

Rainer Maria Rilke

1875년 12월 4일 프라하에서 태어난 라이너 마리아 릴케는 독일 현대시를 완성한 20세기 최고의 시인으로 추앙받고 있다. 그의 시는 인간 실존에 대한 깊은 통찰력, 사물의 본질에 대한 미적 탐구, 인간성을 회구하는 고독, 삶과 죽음에 대한 형이상학적인 사유로 가득 차 있다. 작품집으로 『말테의 수기』, 『기도시집』, 『형상시집』, 『신시집』 등이 있으며 특히 『두이노의 비가』와 『오르페우스에게 바치는 소네트』는 릴케 예술의 진수로 알려져 있다.

릴케는 1911년 파리에서 출발하여 볼로냐로 가는 여행에 대해 "가장 아름다운 곳은 프로방스였습니다. 당신께서도 언젠가 꼭 한번 그리로 가보셔야 합니다."라고 어느 편지에 쓴 바 있다. 이 여행으로 그는 한평생 사랑했던 남프랑스의 풍광과 다시 만날 수 있었다. 임종을 앞두기 얼마 전에도 그는 마지막 거처를 프로방스에 마련할 수 있기를 바랐다.

빛과 광활함의 땅인 프로방스는, 릴케에게 있어 "그냥 보기"를 극복하고 "보는 법을 배운" 곳이었다. 이 책은 프로방스 여행에 대한 릴케의 진술과, 이곳의 풍광과 문화 공간 덕분에 영감을 얻어 창작한 문학 텍스트를 최초로 한데 모은 것이다. 이리나 프로벤은 덧붙인 글에서 이 여행으로 릴케의 인상이 어떻게 변했는지를 추적하였다. 콘스탄틴 바이어의 사진은, 릴케 자신이 한때 세잔과 페트라르카의 족적을 따랐던 것처럼, 릴케가 추천한 경로를 좇아갔다. 바이어는 마리아 숭배 행사가 열리는 생트마리드라메르, 엑상프로방스, 폴 세잔의 생활권, 암벽도시 레 보, 오랑주의 고대 원형극장, 알리스캉 공동묘지가 있는 아를, 릴케가 페트라르카의 등정을 상상 속에서 따라 올랐던 방투 산, 타라스콘, 보케르 그리고 마지막으로 시인에게 특별히 "많은 볼거리"를 제공했던 교황의 도시 아비뇽 등 릴케를 특히 매혹시켰던 장소들을 사진에 담았다.

1926년 12월 릴케는 한 여인에게 장미꽃을 꺾어주다가 장미 가시에 찔려 같은 달 29일 스위스 발몽에서 51세를 일기로 생을 마감했다. 릴케의 묘비명에는 그가 장미의 시인이었음을 알 수 있는 글이 새겨져 있다.

> "장미여, 오 순수한 모순이여
> 수많은 눈꺼풀 아래
> 누구의 잠도 아닌 즐거움이여."

엮은이 이리나 프로벤 Irina Frowen

영국의 더럼 대학, 리즈 대학, 런던 대학 등에서 독문학을 가르침. 릴케협회 명예회원. 릴케, 괴테, 아리스토텔레스, 니체, 루 안드레아스 살로메 등에 대한 여러 편의 논문들을 저술함.

옮긴이 황승환

서울대 독어독문학과 및 동 대학원을 졸업하고 여러 대학에서 강의하였다. 『독일 명작의 이해』(공저)를 집필했고, 『소문의 역사』(공역), 『클링조어의 마지막 여름』, 『코젤렉의 개념사 사전3 — 제국주의』, 『슈톨츠』 등을 번역했다.

빌뇌브레자비뇽, 생앙드레 성

프로방스 여행은
참으로 아름다웠습니다.
당신도 꼭 한번 가보시길…

- 헤드비히 피셔[1]에게 보낸 릴케의 편지.

  1911년 10월 25일

[1] Hedwig Fischer-Landshoff
(1871~1952) 여성 출판업자.
1893년 피셔 출판사를 창업한
사무엘 피셔(1859~1934)와
결혼함.

사진 | 콘스탄틴 바이어Constantin Beyer

p. 7, 12~13, 20, 23, 29, 37, 41, 51, 57, 63, 67, 73, 77, 89, 99, 109, 115, 119, 125, 131, 136~137, 141, 146~147, 157, 160, 169, 184, 189, 193, 195.

원서에 미 포함된 사진 자료 제공 | Min, Byoung-il

• 본문 각주는, '엮은이 해설'의 각주(각주 번호 52~111)를 제외하고 모두 옮긴이가 달았습니다.

차
례

생트마리드라메르

Les-Saintes-Maries-de-la-Mer

소금기 때문에 은빛 꽃처럼 빛나는 평탄한
해변지역 카마르그

-지도니에 나트헤르니 폰 보루틴에게 보
내는 편지, 1909년 8월 5일

생트마리드라메르

루 안드레아스 살로메[2]에게
보내는 편지

1909년 6월 12일

생트마리Saintes-Maries로의 순례는 특별했습니다. 바닷가의 작은 평지에 총안(銃眼)을 내어 요새처럼 보이는 교회가 강인한 인상을 풍기며 홀로 우뚝 솟아 있었고, 순례자와 개 그리고 집시들로 붐볐습니다. 어둡고 범접하기 어려운 분위기를 풍기는 교회 내부에서는 이 모든 피조물들이 모두 함께 야경꾼처럼 기다랗게 늘어서 있고, 촛불이 점점 더 많이 켜져 환하게 밝아졌으며, 프로방스 지방의 노래가 울려 퍼지고, 목청 높여 기적을 간구하

[2] Lou Andreas-Salomé
(1861~1937) 러시아-독일계의 여성 작가, 정신분석가로서 상트페테르부르크에서 태어났고 괴팅겐에서 죽었다. 니체, 릴케, 프로이트 등 당대를 대표하는 저명인사들과의 교감 어린 관계로 널리 알려졌다. 릴케는 1897년 봄 뮌헨에서 그녀를 보자마자 사랑에 빠졌으며 이 관계는 수년간 이어졌다. 연인관계를 청산한 이후에도 그녀는 릴케가 죽을 때까지 그의 친

구이자 조언자 역할을 하였다. 원래 이름인 '르네René'를 그녀의 조언에 따라 '라이너 Rainer'로 바꾼 일화는 유명하다. 루 안드레아스 살로메뿐 아니라 릴케 주변의 많은 여성들은 릴케의 정신적 발전과 성숙에 커다란 영향을 끼쳤다.

는 소리가 여기저기서 들렸지요. 그리고 밖엔 여느 때와 다름없이 바다가 있었습니다.

지도니에 나트헤르니 폰 보루틴[3]에게
보내는 편지

1909년 8월 5일

제가 요전에 프로방스 여행에 대하여 말씀드렸던 편지에서, 소금기 때문에 은빛 꽃처럼 빛나는 평평한 해변지역인 카마르그 지방에 위치한 레 생트 마리에 관해 말씀드렸던가요? 요새풍(風)의 오래된 교회 안에서 완전히 사라져갔던, 그곳에서 보낸 순례의 날과 기나긴 순례자의 밤이 다시금 저의 머릿속에 생생히 떠오릅니다.

오후에는 본 제단 위에 높이 위치한 교회당의 창에 그림으로 장식된 성스러운 두 마리아의 작은

[3] Sidonie Nádherny von Borutin (1885~1950) 체코 보헤미아의 남작부인. 자신 소유의 야노비체 성에서 살롱을 운영하였는데, 여기에서 자주 모여 교류한 문화계 인사들로는 카를 크라우스, 릴케, 카렐 차펙 등의 작가와 건축가 아돌프 로스, 화가 막스 슈바빈스키 등을 들 수 있다. 그녀는 1906년부터 릴케가 죽을 때까지 릴케와 서신교환을 하였으며, 또한 당대 오스트리아 최고의 비평가이

이중관[4]이 천천히 내려왔습니다. 치켜든 고개 위로, 반짝이는 수많은 눈동자 위로 내려와, 기대와 갈구하는 기도 소리와 찬송가 소리 속으로 들어갔습니다. 그리고 그 관이 준비된 탁자 위에 안치되기까지 한참 동안 사람들은 어린아이들을 잡은 손을 점점 더 뻗어, 흔들리며 다가오는 관 쪽으로 내밀었습니다. 신통력이 있는 성물(聖物)에 생기를 잃어버린 허약한 젖먹이들의, 반쯤 꺾인 양 포대기 위로 내려앉은, 발육이 덜 된 무거운 작은 머리를 먼저 닿도록 하기 위해서 말입니다. 그 뒤쪽으로 어른들이 몰려들어 맨손을 치켜들고 있었고, 저쪽에선 어떤 남자가 안간힘을 다해서 목발을 위로 치켜들고 있었습니다. 그는 목발을 통해 — 겨드랑이에 끼여 체온으로 따뜻해진 그리고 침울한 무거운 짐으로 인해 말라비틀어진 그 암담한 나무막대기를 파괴하면서 — 뜨거운 기적이 자기에게로 쏟

자 작가인 카를 크라우스와의 우여곡절이 많은 사랑으로도 유명하다.

[4] 사이프러스나무로 제작된 두 개의 관이 길이 방향으로 붙어 있고, 외부에는 마리아 일행이 생트마리에 도착하는 장면이 그려져 있음. 여기에는 1448년 이 교회당에서 발굴된 두 마리아의 유해로 추정되는 뼈가 안치되어 있음.

마리아의 행렬

아지게 하려는 듯이 보였습니다.

그러나 아래쪽 신도석에서, 특히 관이 가운데 있는 지하납골당으로 내려갈 때, 고함 소리로 무언가가 표출되었습니다. 그리고 그것은 이제 나란히 서서 교회를 가득 메운 모든 사람들에게 파고들었습니다. 운집한 사람들은 두더지 구멍처럼 소매를 접어 젖혔고, 움직이는 과정은 기이하게도 이리저리 비틀거렸으며, 제단 입구에서 사람들은 아주 잠깐 동안 그것이 무엇인지를 볼 수 있었습니다. 길지 않았습니다. 그도 그럴 것이 바로 다음 순간 다시 사라져버렸기 때문입니다. 사라져버렸습니다. 그것을 가리고 원형을 이루며 빙 둘러선 사람들 속으로 나직한 탄식 소리를 끝으로 가라앉아버렸습니다.

하지만 그 바로 직전 그 자리를 위에서 내려다본 사람은 어떤 젊은 집시 여인[5]을 볼 수 있었습니

[5] 집시 여인은 성녀 사라Sara(h) la Kali (집시들의 언어로 '검은 사라' 또는 '집시 사라'라는 의미)를 지칭. 집시들의 수호성녀로 추앙되긴 하지만 로마가톨릭에서 정식 성인으로 추대되지 않았기 때문에 지하실에 모셔져 있음. 교회의 지하에 짙은 갈색 나무로 제작된 사라의 상이 있고, 매년 5월 24일 유럽 각지에서 수천 명의 집시들이 모여듦. 사라의 출신과 행적에 관해서는 다양한 이견이 있음.

다. 그 집시 여인은 어디에서건 그녀에게 다시 나
타나는 이들을, 아마도 푸른 옷을 입고 고개를 살
짝 치켜든 채 얼굴만 드러내고 맞이할 듯 보입니
다. 그리고 그 너머로 수많은 촛불들이 빛을 내며
하얗게 타올라 빛나고, 마침내 눈을 부시게 합니
다. 그녀는 그것을 더 이상 감당할 수 없게 되자
불꽃 같은 행복한 환영 속에 모든 감각으로 타올
랐습니다. 그러나 이미 사라져버린 여인은 잊히고
말았습니다. 흰 머리카락이 뒤엉킨 늙은 집시 여인
만이 그것을 향해 사람들을 헤치고 나아갔습니다.
그녀가 가느다란 추모 촛불(수백 개의 촛불들은 서
로 녹아들고 있었으며, 제단 주변 가장자리를 따라 빛
나고 있었습니다)들 중 하나를 이용하여 담배에 불
을 붙인 뒤 그 무기력한 여인[6]의 입에다 담배 연기
를 한 모금 세차게 불어 넣는 모습이 보였습니다.
그것을 보기란 쉬운 일이 아니었지요. 그러는 동

지하납골당의 추모 촛불

안 아래쪽으로 내려오던 관은 처음 몇몇 사람들에
게만 만져지다가 그다음에는 모든 사람들에게 닿
을 수 있었습니다. 제자리에 놓여 무게가 감지될
수 있기까지, 두 개의 뚜껑을 가진, 쌍지붕 덮개로
씌운, 비스듬히 기운, 길쭉한 성유물함은 소리를
지르거나 웃는 아이들로 겹겹이 둘러싸였습니다.
그리고 거기에는 양초들, 곧 봉헌될 물을 담은 병
들, 플러시7로 테두리를 감싼 작은 사진들, 한 권
의 책, 한 묶음의 꽃, 오래되어 낡은 애장품 등 갖
가지 물건들이 곁에 놓였습니다.

제가 당신에게 제대로 이야기했나요? 기분 좋은
상상력을 불러일으키기 위해, 쓰는 것이 아니라 지
금 당신을 마주 보고 있는 듯이 이야기를 하려고
했습니다. 예전에 돌출창이 있던 방에서 당신에게
유니콘에 대해 이야기를 한 적이 있었지요. 그때
처럼 말입니다. 당신은 그 일을 기억하는지요? 순

생트마리드라메르

례행사의 나머지 부분, 그날 저녁과 밤 그리고 다음날 아침의 이야기는 (이 모든 일들은 그 요새 같은 오래된 교회에서 계속 이어졌습니다) 제가 언젠가 이야기할 때까지 남겨두어도 괜찮겠지요?

생트마리드라메르 Saintes-Maries-de-la-Mer

'바다의(에서 온) 마리아들'이란 의미이다. 프랑스 남동쪽 카마르그 지방에 있으며 지중해로 합류하는 론 강 하구의 삼각주에 위치하고 있다. 지중해 연안의 습지에 자리하고 있는 이 작은 도시는 소금기가 있는 땅, 갈대, 검은 소, 흰 말, 분홍 플라밍고, 철새, 순례자 등으로 유명하다. 이곳의 성당은 이미 4세기부터 역사에 언급이 되며, 9세기경부터 바이킹과 사라센인, 그리고 해적들의 침입을 당하면서 11~12세기경 방어를 위한 요새 형태의 성당을 건립하여 오늘날까지 이르고 있다. 주변이 평지라 멀리에서도(10km) 총안으로 둘러싸인 교회를 볼 수 있다. 1448년 이 성당에서 야고보 마리아와 살로메 마리아의 유해가 발견된 이후 특별한 마리아 숭배행사가 지속되었고 도처에서 순례자들이 모여들었다. 오늘날의 지명은 1838년에 확정되었고, 매년 5월 25일과 10월 22일에는 각기 성녀 야고보 마리아(클레오파스 마리아)와 성녀 살로메 마리아의 숭배의식이 거행되며, 또한 5월 24일에는 이들의 하녀였다가 나중에는 성녀로 간주되어 집시들의 수호성인이 된 성녀 '검은 사라'를 위한 숭배의식이 거행된다. 이러한 행사로 수많은 순례자와 관광객이 생트마리를 방문한다. 1950~60년대에는 히피족과 비트족의 순례지가 되었으며, 오늘날에도 여름밤이면 종종 플라밍고 축제를 볼 수 있다.

엑상프로방스

Aix-en-provence

저는 며칠 동안 프로방스 지방에서 생트마리의 멋진 순
례에 참가하였고, 그러고서 엑상 지방에서 세잔의 흔적
을 추적하였습니다. 그 모든 것들은 매우 특별한 기억
으로 남아 있습니다만, 제가 바라고 의도했던 방식으로
주의 깊게 살펴볼 정도로 충분히 능숙하지 못했던 점이
아쉬울 따름입니다.

-폰 데어 하이트 부부에게 보내는 편지, 1909년
6월 12일

미라보 거리에서

클라라 릴케[8]에게 보내는 편지
엑상프로방스, 호텔 네그 코스테

금요일 이른 아침 [1909년 5월 28일]

내가 이곳에 도착한 직후인 그저께, 저녁식사를 할 때, 당신의 편지를 받았소. 저녁식사로 우유, 빵, 아주 근사한 딸기 등이 나왔다오. 저녁을 방에서 먹는데 당신의 편지가 곁들어져 기분이 좋았고 식사와 아주 잘 어울렸소.

이런저런 이유로 내가 글을 쓰지 않았고 아무것도 말하고 싶지 않고 여전히 그 상태라는 사실을 당신은 잘 이해하고 있구려. (어떤 상태인지 신만이 아실 것이오.) 어쨌든 여행을 떠났다는 것에 종종 기

[8] Clara Henriette Sophie Rilke, geb. Westhoff (1878~1954) 독일 여성 조각의 선구자이자 화가. 1898년 예술가촌인 보르프스베데로 가서 오토 모더존, 파울라 모더존 베커, 하인리히 포겔러와 그의 부인 마르타 등을 알게 된다. 이곳에서 1900년 릴케를 처음 만나고 이듬해 그와 결혼한다. 릴케 부부의 실제 결혼생활은 일 년 반 정도였고 그 이후 공동생활은 사실상 해체되고 말았다.

뿜을 느끼고 있다오. 내가 본 그 모든 것들, 여행이
란 정말 멋진 일이오. 그러나 한 번도 제대로 보지
못하고, 그냥 지나쳤을 뿐이오. 이제 제대로 보면
서 여행한다면 틀림없이 무엇인가 드러나게 될 것
이라 생각하오……

여전히 봄기운을 품은 이곳에는 미풍이 가볍게 불
고 있소. 이곳 사람들은 아래쪽 바닷가보다 더 시
원하게 그리고 덜 세련되게 살고 있소. 전반적으로
아름다운 곳이오. 좋은 일요일이 되길, 그리고 모
든 것에 사랑이 가득하길.

라이너 마리아.

◇

클라라 릴케에게
보내는 편지
1907년 10월 9일

[⋯] 오늘은 세잔Cézanne에 관해서 이야기를 좀 해
볼까 하오. 그는 자기 일에 관해, 마흔 살까지 보
헤미안으로 살았노라고 주장하였소. 피사로를 알
게 되면서 비로소 작업에 대한 취향이 싹텄을 것
이오. 서른 후반까지 여전히 열심히 작업하긴 했
소. 언뜻 그렇게 보이지만, 사실 별 기쁨도 없이
작업했던 것이오. 가장 본질적인 것이라고 생각했
던 것에 도달하지 못했다고 스스로 간주한 작품
에 대해 계속 갈등과 분노를 느끼면서 말이오.

그는 가장 본질적인 것을 실현La réalisation이라고 했는데, 일찍이 루브르에서 보고 또 보고서야 무조건 인정했던 베네치아파[9]의 그림을 통해 그것을 발견했다오. 설득력, 사물화, 대상에 대한 체험을 통해 불멸의 것으로 고양된 현실, 바로 이것이 그가 의도했던 깊숙한 내면 작업이었소. 나이 들고, 병들고, 일상적인 작업으로 저녁이 되면 실신할 정도로 탈진해버렸고 (그래서 어둑할 무렵인 여섯 시에 무덤덤하게 저녁식사를 한 다음 잠자리로 가곤 했소), 사악하고, 남을 믿지 않았으며, 작업실로 가는 도중 매번 조롱하고, 비웃고, 학대하였소. 일요일엔 작업을 쉬고 미사와 저녁 예배에 참석하여 어린아이처럼 귀를 기울였으며, 식모인 브레몽 부인에게 정중하게 더 나은 음식을 준비해달라고 요청하기도 했다오.

세잔은 아마도 매일매일 자신이 유일하게 본질적

[9] 대표자로 티치아노(1488? ~1576)를 들 수 있음.

이라고 간주했던 '실현'에 도달하기를 바랐을 것이
오. 그럴 때엔 고집스럽게도 자기 작업(여러 사람들
과 한동안 같은 길을 갔던, 이 모든 사실을 말해준, 그
리 썩 호감 가지 않는 어느 화가의 말을 인용한다면)
을 아주 힘들게 만들었다고 하오. 풍경이나 정물
의 경우 양심적으로 대상 앞에서 견뎌내면서, 복
잡한 우회로들을 거쳐서야 그 대상을 받아들였소.
어두운 색채를 사용하는 경우 그 색을 약간 넘어
서는 색으로 그리고 계속해서 그 색채를 넘어서는
색으로, 색채의 심도를 보완했소.

그리하여 그는 점차 그림의 다른 대조적인 요소에
도달하게 되었소. 이 경우에도 그는 새로운 중심
을 벗어나면 비슷하게 처리하였소. 두 과정, 즉 바
라보면서 확실하게 수용하는 과정과 수용된 것을
습득하고 개인적으로 이용하는 과정은, 아마도 관
념적 실현의 결과일 것이오. 그에게 있어 두 과정

생빅투아르 산

은 서로 저항하는, 말하자면 동시에 말하고 계속
서로 말을 가로막고 다투는 것이었다고 생각하오.
노인[10]은 두 과정의 불화를 견디느라 조바심이 나
서 왔다 갔다 하곤 했소. 채광이 좋지 않은 화실
에서 말이오. 그럴 것이 목수가 엑상 지방에서 진
지하게 대접받지 못하는 늙은 괴짜의 말을 한 귀
로 듣고 다른 귀로 흘려버렸기 때문이라오. 그는
푸른 사과가 여기저기 흩어져 있는 작업실을 이리
저리 뛰어다니거나 또는 절망하여 정원에 앉아 있
곤 했소. 그의 눈앞에는, 교회가 있는 작은 도시,
점잖고 겸손한 시민을 위한 도시가 아무것도 모른
채 펼쳐져 있었소.

모자 제조공이었던 아버지의 예견처럼 그는 다른
사람이 되었던 것이오. 아버지가 보았듯이, 그리
고 세잔 스스로 믿었듯이, 보헤미안이 되었던 것
이오. 보헤미안은 비참하게 살아가며 또한 그렇게

죽는다고 알고 있던 아버지는 아들의 미래를 위해 일하기로 작정하고 작은 금융업자가 되었다고 하오. 세잔이 말했듯이 "아버지께선 정직한 분"이었기에 사람들이 돈을 가지고 와서 그에게 맡겼소. 세잔이 나중에 경제적으로 아무런 걱정 없이 그림에 전념할 수 있었던 것은 아버지가 미리 대비를 해준 덕분이었소. 그는 아마 아버지의 장례식에는 참석했을 것이오. 어머니도 그를 사랑하셨지만 그녀의 장례식에는 참석하지 못했소. 당시 그는 소위 "모티프 침잠상태sur le motif"에 빠져 있었소. 작업은 그에게 매우 중요했고, 경건하고 소박한 그의 품성으로 보건대 예외를 두고자 하는 유혹이 분명 있었음에도 그는 어떤 예외도 용납하지 않았소.

파리에서 이름이 알려지기 시작했고 그는 점점 더 유명해졌소. 그러나 자신이 의도하지 않은 발전에 대해 (다른 사람들이 만들어준 발전. 게다가 그 방식

에 대해) 그는 불신감만 느꼈을 뿐이오. 에밀 졸라
(어린 시절부터 알고 지내던 사이이자 동향인)가 『작
품Oeuvre』에서 자신의 운명과 의지에 관해 너무나
왜곡된 이미지를 그려냈다는 기억이 세잔의 머릿
속에 선명하게 떠올랐던 것이오. 이후로 그는 모든
글 나부랭이와 *거리를* 두었소. "Travailler sans le
souci de personne et devenir fort —"[11]라고 그를 방
문했던 사람에게 고함을 지르기도 했다오. 그 방
문객이 프렌호퍼에 대해 이야기하자 식사를 하다
말고 그는 벌떡 일어났소.

프렌호퍼란 화가는 발자크가 미래에 대한 엄청
난 선견지명으로 자신의 소설 『미지의 결작Le Chef
d'Oeuvre in connu』(이 소설에 관해서는 언젠가 당신에
게 말한 적이 있을 거요)에 등장시켰던 가공의 인물
이라오. 그 인물은 '원래 존재하는 것은 윤곽이 아
니라 부동하는 경계 넘기뿐임'을 발견함으로써 불

불르공 거리에 있는 세잔의 집

가능한 과제에 매달린 세잔을 침몰시켰던 거요 —
브레몽 부인이 그러한 돌발적인 행동을 탐탁지 않
게 여겼음에도 불구하고, 그 이야기를 듣던 도중
늙은 화가는 식탁에서 벌떡 일어나서는 감정이 격
해져 말문이 막힌 채 손가락으로 계속해서 자신
을 분명하게 가리키고, 가리키고, 또 가리켰소. 얼
마나 고통스러웠겠소. 중요한 점을 졸라는 파악하
지 못했던 거요. 그림에 있어서 아무도 이루어내
지 못할 위대한 것에 갑자기 도달하리라 예감한 것
은 오히려 발자크였다오.

그러나 다음날 그는 의도한 바를 성취하기 위해
다시 전념했소. 매일 아침 여섯 시면 일어나 시내
를 가로질러 작업실로 가서 거기에서 열 시까지
머물렀소. 그런 다음에는 같은 길을 걸어서 돌아
와 식사를 하고 다시 집을 나섰던 거요. 작업실을
지나쳐 삼십 분쯤 더 간 계곡에서 "모티프 침잠상

태"에 빠졌소. 그 앞에는 생빅투아르 산이 그의 모든 숙제를 짊어지고 형언하기 어려울 정도로 우뚝 솟아 있었다오. 그는 거기에 몇 시간이고 앉아 "초안(草案plans)"(그는 기이할 정도로 로댕과 똑같은 단어를 되풀이하여 말하곤 했소)을 찾아내어 받아들이려고 몰두했소.

그는 실제로 로댕을 떠올리는 말을 자주 했다오. 자신이 살고 있는 오래된 도시가 매일 얼마나 형편없이 파괴되고 망가져가고 있는지를 한탄하곤 했소. 즉물적인 깨달음으로 이어진 로댕의 위대한 자의식적인 균형은 이 병들고 고독한 늙은이를 분노에 휩싸이게 만들었소. 저녁 무렵 집으로 돌아오면서 그는 어떤 변화에 대하여 격분했고, 화가 나 집으로 와서는 분노가 자신을 얼마나 소진시키는지 깨달았을 때야 비로소 '집에 있어야겠어. 작업만 할 거야'라고 다짐했소.

작은 엑상 지방에서 나쁜 쪽으로 경도되는 그러한 변화를 인식하고 그는 깜짝 놀라 다른 방향으로 가야 한다고 생각했소. 한번은 현재의 상태, 산업, 그리고 모든 것들에 관해 이야기하게 되었을 때 그가 "눈을 부라리고" "Ça va mal… C'est effrayante la vie!"[12]라고 내뱉었소.

밖에서는 막연한 불안감이 부풀어 오르고 있었소. 더 자세히 살펴보자면 무관심과 냉소가 바로 그것이오. 그리고 갑자기 이 노인은 작업에 몰두했소. 여전히 사십 년 전에 파리에서 그렸던 오래된 스케치에 따라 모델을 그렸소. 엑상 지방에서는 모델을 구할 수 없을 것이란 사실을 알고 있었기 때문이오. "이 나이에 내가 구할 수 있는 모델이라곤 기껏해야 오십 먹은 여자 모델밖에 없어. 엑상 지방에서 그런 모델을 찾기란 하늘의 별 따기란 걸잘 알고 있지."라고 그는 말했소. 그는 오래된 스케

치를 견본으로 해서 그림을 그렸소. 브레몽 부인이
나중에야 없어진 사실을 알았던 그 침대보 위에
사과를 몇 개 올려놓고 방금 눈에 뜨인 포도주병
도 그 사이에 세워두었소. 그리고 (반 고흐처럼) 그
러한 사물에서 "신성(神性)"을 만든 거요. 그 사물
들이 아름답도록, 세상 전체를 의미하도록, 그것이
그에게는 모든 행복이고 모든 훌륭함이 되도록 강
요하고 또 강요했소. 그는 사물들을 자신이 그곳
에 가져다놓았는지조차 인식하지 못했다오.

그리고 늙은 개처럼 정원에 앉았소. 작업은 그 개
를 다시 부리기도 하고 때리기도 하고 굶기기도
했소. 그럼에도 불구하고 그 늙은 개는 불가해한
주인에게 완전히 종속되어 있었소. 한동안 작업이
라는 주인은 개를 오직 일요일에만, 그 개의 첫 번
째 주인인 자애로운 신에게 돌려보내주었다오. (바
깥세상에서는 "세잔"에 관해서 수군거렸고, 파리의 신

사들은 그의 이름을 강조하여 썼으며, 그를 안다는 사실에 자부심을 가지게 되었소.)

이 모든 것을 당신에게 얘기하려고 했었소. 이 이야기는 우리 주변의 많은 것들과도 우리들 자신과도 많은 점에서 연관을 맺고 있소.

밖엔 비가 여전히 줄기차게 내리고 있소. 잘 지내길 바라오……. 내일 다시 나에 관해 이야기하리다. 내가 요즘 얼마나 많은 일들을 하고 있는지 알게 될 거요…….

에디트 폰 보닌[13]에게 보내는 편지
〈엑상 지방 방문에 관한 조언〉

1909년 6월

작은 지도(상태가 좋지 않음에 사과 말씀을 드리며)를 동봉합니다. 푸른 선은 부팡 성(土成)으로 가는 길을 나타내고 있습니다. 공화국 거리 끝 지점인 옥토리 근처에 이르러서 오른쪽 길이 *아니라*, 시간이 꽤 소요되는 중간 길을 선택하시면, 왼쪽에 넓은 사유지(폴 세잔 부모의 사유지)가 나타납니다. 이 땅은 담으로 둘러싸여 있고, 뒤쪽으로 집과 키가 큰 나무들이 보입니다. (푸른색으로 표시된) 불르공 거리에 세잔의 집이 있는데, 위쪽의 작업실

[13] Edith von Bonin (1875~1970) 릴케의 친구이자 후원자인 카를 폰 데어 하이트(1858~1922)의 의붓자매이며 여성 화가. 1907년부터 수년간 릴케와 친밀하게 교류하였다.

창을 보시면 알아보실 수 있을 것입니다. 쿠르 들 로피탈을 거쳐 가는 세 줄의 푸른 선은 세잔이 마지막에 거주하였던, 아니면 아마도 작업실로만 사용하였던 곳으로 이어집니다. 붉은 선은 세잔이 자주 그리로 가서 왼쪽의 높은 언덕에서 "모티프 침잠상태"에 빠져들곤 하였던 '산'으로 이어지는 거리를 나타내고 있습니다. 추천할 만한 호텔도 마찬가지로 붉은색으로 표시되어 있습니다. 이 작은 지도와 동봉된 엑상 지방 지도를 휴대하시고, 방문지에서 활용하신다면, 여행 안내에 작으나마 도움이 되리라 생각합니다.

갈리스로 가는 길에 있는 부팡 목장

◇

클라라 릴케에게
보내는 편지
1907년 10월 21일

원래는 세잔에 관해 더 말하려 했소. 그림에서 색
채가 얼마나 중요한지, 색채가 서로 다툼을 벌이도
록 하기 위해서 어떤 식으로 완전히 내버려두어야
하는지 등에 관해서는 아직 해명된 적이 없었소.
색채의 상호작용, 이것이 그림의 전부요. 어중간하
게 말하거나, 배열하거나, 자기의 인간적 우월성,
재치, 변화, 정신적 유연함 등을 어떻게든 함께 거
론하는 것은 이미 자신들이 하는 행동을 방해하
고 모호하게 만드는 일이오.

폴 세잔 〈프로방스 교회〉

화가는 자신이 통찰하는 것을 의식하면 안 되는 법이라오(모름지기 모든 예술가가 그렇듯이 말이오). 발전은 성찰을 통한 우회로를 거치지 않고, 자신에게도 수수께끼같이 여겨질 정도로 급속하게 작업 속으로 들어와서, 발전이 작업에 틈입해오는 그 순간을 화가가 인식할 수 없어야 하오. 아, 그것을 거기서 은밀하게 감시하거나, 관찰하거나, 문을 열어두는 사람에게 발전은 황금으로 영원히 머물 수 없는, 동화 속의 멋진 황금이 되고 만다오. 그도 그럴 것이 어떤 사소한 것이라도 정돈되어 있지 않기 때문이오.

우리가 수많은 내용을 담고 있는 반 고흐의 편지를 잘 읽을 수 있다는 것은 결국 그의 반대편에 서는 일이 되고 마는 것이라오. 그가 이런저런 것을 원했고, 알았고, 체험했다는 사실이 또한 그 화가(세잔도 마찬가지)에게 맞서는 일이 되듯 말이오.

그 호기심 많은 사람이 은밀하게 눈의 내면에 순종하면서, 푸른색이 오렌지색을 불러내고, 초록색이 붉은색을 호출하는 것, 이것들이 말하는 것을 듣는 것. 그는 유일한 저항을 무릅쓰고 그림을 그렸소. 그때 개별 표면을 그 다음으로 높거나 깊은 색조 위에 설정하고 전체적인 가치 아래에 종합하여 일본풍으로 단순화시킬 생각을 한 거요. 그런 후에는 이것을 동일하게 설정한 표면의 틀로서, 추출하여 표현한 (즉 고안한) 일본풍의 윤곽선으로 돌아오도록 만들었지요. 순수한 의도가, 순전히 자의성이, 말하자면 장식이 되게 한 것이오.

아를
Arles

알리스캉 공동묘지의 영혼이 깃든 그림자 속에서.

-『말테의 수기』중에서

레잘리스캉

파울라 모더존 베커[14]에게
보내는 편지

1907년 2월 5일

노령과 파괴와 더불어 순수한 회화적 가치가 점점
더 분명하게 드러나는 그 그림을 보고 당신이 무
한한 즐거움을 느꼈다는 점에 우리는 의견 일치를
보았지요. 아마도 이러한 색채의 영향 때문에 우리
가 삼 년 전에는, 앞날에 대한 할 일로 가득했던,
함께했던 바로 그 시기엔 거의 이야기를 꺼낼 수도
없었던 남국의 풍경이 우리에게 나타난 것입니다.
아를을 매우 좋아했던 반 고흐도 여기에서 위대
한 것을 통찰할 수 있었을 것입니다. 위대한 것이

점점 커져서 (그래서 자신을 초월하여 성장하게 되었
고) 소탈하고 객관적인 그의 편지들을 그토록 귀
중하게 만듭니다.

목동 시절

『말테의 수기』에서

그때에야, 목동 시절에야 비로소, 많은 과거들이 진정되었다.

당시 그에게 일어났던 일들을 누가 서술할 수 있겠는가? 어느 시인이 그가 당시 겪었던 날들의 길이를 삶의 짧음으로 버텨내라고 설득할 수 있겠는가? 어떤 예술이 외투를 뒤집어쓴 비쩍 마른 그의 형상과 거대한 밤들의 초공간 전부를 동시에 불러내기에 충분할 것인가? ― 당시는 회복되기를 주저하는 환자처럼 그가 보편적이고 익명적이라고 느끼기 시작했던 시기였다. 그가 존재 자체를 사랑한 것이 아니라면, 그는 사랑하지 않았다. 그가 몰

던 양들의 무지한 사랑은 관심사가 되지 않았다. 구름을 뚫고 내려오는 빛처럼 양들의 사랑은 그의 주변에 사방으로 흩어져 초원 위에서 부드럽게 가물가물 빛나고 있었다. 배고픈 양들의 순진무구한 발자국을 좇아 그는 말없이 세상의 초원을 거닐었다. 이국 사람들은 그를 아크로폴리스에서 보았다. 아마도 그는 오랫동안 보 지방의 목동이 되어, 화석화된 시간이 고귀한 가문을 이겨내는 것도 보았으리라. 그 가문은 7과 3을 모두 획득하고서도 열여섯 줄기의 별빛을 제압할 수 없었다.[15] 또는 그가 오랑주에 있는 촌스러운 개선문에 기대어 서 있는 모습을 생각해볼 수도 있지 않을까? 영혼이 깃들어 있는 알리스캉 공동묘지의 그늘에서, 부활한 자의 무덤처럼 뚜껑이 열린 무덤들 사이를 날고 있는 잠자리를 그의 시선이 좇고 있는 모습을 상상해볼 수도 있지 않을까?

[15] 1925년 11월 10일 자의 비톨트 홀레비츠에게 보내는 편지 참조.

알리스캉 공동묘지
'극락세계, 엘리시움의 들판'이라는 의미. '샹젤리제'도 같은 뜻.
아를 성벽 남동쪽에 위치한 고대 공동묘지. 고흐와 고갱이 처
음으로 함께 그림을 그렸던 곳.

알리스캉 공동묘지의 관

오르페우스에게
바치는 소네트 10

결코 내 느낌을 떠나지 않는 너희,
고대의 석관들이여, 내 인사하노라,
로마 시절의 즐거운 물이 너희를
방랑하는 노래로서 관류하는구나.

혹은 유쾌하게 잠 깨는 목동의
눈처럼 그렇게 열려 있는 너희들,
— 속엔 고요와 광대수염풀이 가득하며 —
황홀경에 빠진 나비들이 하늘하늘 날아오르네.

의혹에서 벗어난 너희 모두에게

내 인사하노라, 다시 열린 너희들의 입,
침묵이 무엇인지 이미 알고 있었지.

친구들이여, 우리는 그것을 아는가, 모르는가?
이 두 가지를 주저하는 시간은
인간의 얼굴에다 새겨 넣는구나.[16]

[16] **1연** 지중해 연변에서는 고대의 석관을 우물가 화분으로 사용했다고 함. 63쪽 사진 참조.
2연 알리스캉 공동묘지와 직접적 연관.
4연 이 두 가지: 1행의 침묵을 '아는 것'과 '모르는 것'을 지칭.

레 보
Les Baux

"보": 프로방스에 있는 풍광이 멋진 곳, 목동의 땅 [···]
사방 널리 초지가 흩어져 있습니다. 그래서 목동들이
여기에 모여드는 것입니다. [···] 목동은 양 떼를 이끌고
구름처럼 온유하게 그리고 시간을 초월하여, 위대한 몰
락의 여파로 아직까지도 흥분이 가시지 않은 그 장소를
지나갑니다.

- 비톨트 홀레비츠에게 보내는 편지, 1925년
11월 10일

레 보

시간의 이빨로 교수형에 처해진
폐허가 된 삐죽한 성, 오래된 아래턱
......
이러한 사물들을 쇠하게 하는 때는 언제인가?
나는 기다렸다. 하지만 돌멩이 하나도 깨뜨리지
못했다

루 안드레아스 살로메에게
보내는 편지
1909년 10월 23일

당신은 레 보[17]에 관하여 들은 적이 한 번도 없단 말인가요? 사방이 꽃 천지인 프로방스 지역에서 갑자기 모든 것이 돌로 돌변하는 생레미에서 사람들이 옵니다. 전혀 꾸미지 않은 계곡이 시작되고, 거기엔 험한 길이 거의 없습니다. 계곡은 길을 뒤로한 채 닫혀버리고 비스듬히 등을 받쳐주고 있는 세 개의 산 뒤로 숨습니다. 이 산들은 말하자면 최후의 천사 세 명이 혼비백산하여 뛰어내렸던 세 개의 도약대입니다.

[17] 청동기시대인 기원전 6천 년경부터 사람이 거주한 흔적이 있으며, 기원전 2세기경에는 켈트족이 거주하였다. 중세시대 보 성주는 한때 주변 80여 도시를 통제할 정도로 막강한 권력을 행사하였으나 12세기경 퇴위 당하였고, 15세기에는 마지막 자손이 대를 잇지 못하여 보 가문이 막을 내리게 된다. 그 후 망빌Manville 가문의 지배를 받았으나, 이곳이

69

신교운동의 중심지라고 지목을 받았고 또한 프랑스 왕가에 반역을 꾀한 죄로 리슐리외가 1632년 성과 성벽을 파괴하라고 명령을 내렸다. 1642년에는 보의 통치권이 모나코의 지배자인 그리말디 가문에게로 넘어갔고 후작령이 되었다. 오늘날 프랑스에 속하지만 '보 후작'이란 명칭은 대대로 모나코의 왕권자가 세습하고 있다. 1822년 보 근처에서 발견된 알루미늄수산화물 광석에 이곳의 이름을 따서 '보크사이트 bauxite'란 명칭이 부여되었다.

그리고 그 건너 하늘 저 멀리에는 아주 기이한 마을의 가장자리가 돌 속에 돌을 박아놓은 듯 솟아 있습니다. 그리로 가는 길은 (산의 일부인지 탑의 일부인지 모르겠지만) 거대한 잔해 때문에 차단되어 저 위쪽 열린 공간으로 영혼을 운반하기 위해서는 스스로 날아오르는 수밖에 없다는 생각이 들게 되지요. 그곳이 레 보입니다. 그것은 성이며, 그 성을 둘러싸고 있는 집들이지요. 그것은 건축한 것이 아니라 사람들이 주거하려는 고집스런 의지로 거기에다가 공간을 만든 것처럼 석회암층 속에 동굴을 뚫은 것입니다. 처마에서 떨어진 낙숫물이 처음에는 굴복하지 않고 구르다가 마침내 다른 물방울들과 함께 살고 머무는 것처럼 말이지요.

무엇보다도 거기에 살았던 사람들, 이미 거의 전설이 되다시피 한 최초의 보 가문 사람들은 17세기 나폴리의 기인과 함께, 녹아내린 촛농이 기이한 모

양으로 붙어 있는 양초 토막이 검은 연기를 일으키며 꺼지듯이, 안절부절못한 끝에 경련을 일으키며 그렇게 꺼져버렸습니다. 한때 이 성을 세워서 마지막 후손에게까지 전해주었던 사람은 동방에서 온 발타자르 왕의 증손자이며 세 명의 동방박사 가운데 한 명의 진정한 후계자라는 소문이 있었습니다. 게다가 나폴리의 늙고 미친 후작Marchese 이 열여섯 줄기의 빛이 나오는 별로 봉인을 하였지요.[18]

이 가문은 수백 년 동안 휴식을 취하며 보의 견고한 바닥에 자리 잡고 우뚝 솟아 있었답니다. 무시무시한 괴물처럼 솟아올랐던 명성은 이 가문을 따르는 수고를 아끼지 않았으며 휘황찬란하게 빛나는 이름은 왕관에 드리워 있었습니다. 이 가문은 아블렝 백작, 마르세이 자작, 오랑주 왕자, 앙드리아 백작 등등의 호칭을 지닌 일흔아홉 개의 성과

[18] 가문의 문장에 16줄기의 빛을 발하는 베들레헴의 별을 새겨 넣었음.

지방의 주인이 되었으며, (명칭에 따라) 예루살렘
의 왕이 된 줄을 눈치 챌 시간도 없을 정도였지요.
이 가문의 현실은 음유시인들이 새로운 생각을 해
내지 못할 정도로 너무나도 환상적이었습니다. 음
유시인들은 궁정으로 몰려와 보 가문을 묘사하
였고, 이들의 노래에 부추김을 받아 남정네들은
더욱더 대담해졌으며, 여인네들은 보 가문의 딸
인 세실에 이르러 비길 데 없는 미녀가 되었지요.
1240년쯤에 일어난 일입니다. 그래서 그녀는 아주
먼 지방의 사람들에게까지도 알려졌고 그들은 보
가문의 여인을 장미를 능가하는 파스로즈[19]라고
부르는 데 의견의 일치를 보았을 정도로 위대해졌
지요.

하지만 당시 논란이 많았던 프로방스의 상속자
는 나폴리의 여왕 지오바나 1세였습니다. 이 가문
의 사람들 가운데는 그녀를 인정하는 사람도 있었

잔느 왕비의 정자

고 거부하는 사람도 있었지만 결국엔 그녀에게 매혹당하고 말았지요. 그녀의 명성은 시초가 어딘지 모를 정도로 높이 그리고 멀리 퍼져갔습니다. 나폴리의 궁정과 산세베리니의 질투가 그녀를 여위게 만들었습니다. 그녀에게 야생 넝쿨을 몇 개 던졌지만, 그것은 가시넝쿨이었고, 그 끝에서는 폭도들이 생겨났고, 꽃은 열매를 맺을 생각을 하기는커녕 독기를 뿜었으며, 그 향기는 황제까지도 어지럽게 만들었지요. 그러나 이 넝쿨은 무화과나무처럼 친화력도 강하고 까다롭지도 않아서 거칠게 떨어진 곳에서는 더 잘 뻗어나갔습니다. 그래서 달마치아와 사르데냐에서는 줄기가 튼실한 가문을 일으키기도 했지요.

그러나 처음에는 프로방스의 총독이, 나중에 이곳이 왕가에 귀속된 다음에는 프랑스의 총독이 레보에 자리를 차지하게 되었습니다. 사람들은 그 모

든 이름들을 알았으며 자신도 모르는 사이에 망빌 가문 출신의 이름들을 가슴에 간직하고 있었지요. 이 이름들 가운데는 성과 도시에 뿌리를 단단히 내린 신교도가 많았습니다. 클로드 드 망빌 2세는 신교도를 돌봐주는 행동이 이미 위험한 일이 되었음에도 여전히 그들을 보호해주었습니다. 그는 자기 궁정 안에 신교도를 위한 예배당을 하나 마련해주었지요. 하지만 그의 후계자는 종교를 저버리거나 아니면 지위를 저버려야 하는 양자택일의 기로에 직면하게 되었답니다. 그는 외적인 것을 포기하기로 마음먹었지요. 그래서 사람들은 그와 모든 신교도를 보 지역 밖으로 내몰았습니다(1621년). 이 추방된 무리들 가운데는 아마도 망빌 가문 최초의 총독 아래서 중요한 사건들을 기록했던 공증인 앙드레 살롬의 손자나 아들들도 있었을 것입니다. 그 기록은 이후로 여러 번 사용되었으며 (내가

들은 확실한 소식통에 의하면) 지금은 무리에의 공증인 라빌 씨가 보관하고 있다고 합니다.

사랑스런 루, 마무리하는 시점에서 이렇게 장황하게 길어진 이 이야기의 의미를 당신은 이제 아시겠지요? 나는 레 보에 하루 동안 있었습니다. 안내인이 말해준 저 위의 먼 곳을 나는 가지 못했습니다. 그곳은 굉장히 크고 멋지게 배치되어 있을 것이며, 바다에까지 그리고 생마리의 교회탑까지 맞닿아 있을 것입니다. 그러나 가까운 곳도 날이 저물어갈수록 어스름이 근처를 감쌀수록 더욱 멋진 장관을 이루었습니다. 아침식사를 한 후 나는 그 안내인과 여관집 주인을 떠났습니다. 거기서부터 나는 말수가 적은 어느 목동과 주변을 돌아다녔습니다. 우리는 나란히 곁에 서서 양들이 진기한 땅 여기저기에서 풀을 뜯는 광경을 계속 바라보았습니다.

레 보 전경

이따금씩 양들이 딱딱한 풀을 스칠 때면 백리향 향내가 피어올라 우리 주변을 한동안 감싸곤 했지요. 그러면 나는 당신을 생각했지요!

◇

비톨트 훌레비츠[20]에게
보내는 편지
1925년 11월 10일

보의 제후—그렇게 불러도 된다면—에 관해 말
씀드리자면, 그는 이 가문이 돌이 되어버린 시기
를 견뎌내었습니다. 동시에 그의 실존은 전대미문
의 성이 풍화되어가는 딱딱한 은회색의 풍광 속
에서 돌이 되었습니다. 아를 쪽을 향하고 있는 이
경치는 결코 잊을 수 없는 자연의 장관을 연출하
고 있습니다. 이 풍광은 언덕과 폐허와 마을을 벗
어나서 집과 폐가들과 더불어 전체가 다시 바위가
되어버렸습니다. 사방 널리 초지가 흩어져 있습니

[20]Witold Hulewicz
(1895~1941)폴란드의 시인,
비평가, 번역가, 출판인. 릴케
와 친구로 지냈으며 독일어
로 출판된 릴케의 작품을 폴
란드어로 번역하기도 했음.
1940년 나치에 의해 체포되
고 이듬해 처형됨.

다. 그래서 목동들이 여기에, 이곳 오랑주의 고대 원형극장 근처나 아크로폴리스에 모여드는 것입니다. 목동은 양 떼를 이끌고 구름처럼 온유하게 그리고 시간을 초월하여, 위대한 몰락의 여파로 아직까지도 흥분이 가시지 않은 그 장소를 지나갑니다······.

지방에 있는 대부분의 가문이 그렇듯이 보 가문의 제후도 미신을 믿었던 사람이었습니다. 보 가문의 승승장구는 엄청난 것이었고, 행복은 측량이 불가능할 정도였으며, 재산은 견줄 데가 없었습니다. 이 집안의 여식들은 여신이나 요정처럼 방랑하였으며, 사내들은 폭풍 같은 반신반인(半神半人)이 었습니다. 그들은 전장에서 보화와 노예뿐 아니라 정말 믿기지 않는 왕관까지도 가져왔습니다. 일시적으로 그들은 "예루살렘의 황제"라고 자처하였지요······.

그러나 문장에는 모순의 벌레가 집을 짓고 있었습니다. 7이라는 숫자의 힘을 믿는 그들에게 "16"이라는 숫자는 가장 위험하게 상충하는 숫자로 간주되었으나, 보 가문 사람들은 방패에 열여섯 개의 빛줄기가 나오는 별을 달고 다녔습니다. (이 별은 물론 세 명의 동방박사와 목동을 베들레헴의 말구유로 안내해준 그 별을 의미합니다. 그럴 것이 그들은 스스로 성스러운 왕 발타차르의 후손이라고 생각했기 때문이지요……) 이 가문의 "행복"은 성스러운 수 "7"(그들이 보유했던 도시, 마을, 수도원의 수는 언제나 일곱 개였습니다)과 문장에 새긴 "열여섯" 줄기의 빛과의 투쟁이었습니다.

마침내 7이 굴복하고 말았습니다. 17세기, 마지막으로 지배권을 가졌던 나폴리 산타 키아라의 후작 델 발조(오늘날 이탈리아의 델 발조는 이 이름을 받아들인 것이며, 프로방스 혈통이 아닙니다)는 그러

(1515~1582) 유대 혈통의 스
페인 귀족 가문에서 출생. 가
톨릭의 위대한 신비주의자,
작가, 주요한 가톨릭 종교개
혁의 대표자. 1617년에는 스
페인의 수호성인에, 1970년에
는 교황청이 인정한 33인의
교회박사 중 한 사람으로 추
앙됨.

한 투쟁에 관해 알고 있는 듯했습니다. 내가 착각
한 것이 아니라면 그의 묘비에는 이와 관련된 비
문이 새겨져 있을 것입니다.

저는 성녀 테레사(폰 아빌라)[21]를 믿습니다.

제10비가

<두이노의 비가 10> 중에서

그러나 그들이 사는 계곡에서, 어느 노파가, 비탄의 노파가,

소년의 물음에 진지하게 답하고 있다:—그녀가 말하길,

옛적에 우리는, 우리 비탄은, 위대한 가문이었지.

조상님들은 거기 큰 산악 지대에서 광산일을 하셨어. 인간들에게서

너는 이따금씩 한 덩이의 매끄럽게 다듬어진 근원 고통이나,

오래된 화산에서 찌꺼기 형태의 돌이 된 분노를

발견할 수 있을 거야.

　그래, 그것은 거기서 나왔지. 한때 우리는 부자
였단다. —

　그리고 그녀는 그를 가볍게 광활한 비탄의 나라
로 데리고 가서,

　비탄의 제후들이 한때 현명하게 통치하였던

　나라의 폐허가 된 성이나 사원의 기둥들을

　보여준다. 그에게 키가 큰 눈물나무와

　피어나는 우수의 들판을 보여준다,

　(살아 있는 사람들은 이것을 부드러운 나뭇잎으
로만 알고 있지);

　그에게 풀을 뜯고 있는 비탄의 짐승들을 보여준
다. 그리고 이따금씩

　놀란 새가 그들의 시야로 들어와 낮게 날면서

　도처에 고독한 울음의 글자무늬를 새긴다. —

　저녁 무렵 그녀는 그를 비탄 가문의 조상인

무녀들과 예언자들의 무덤으로 데려간다.

어둠이 드리워지자, 그들의 발걸음은 더욱 느려
진다, 곧

달은 높이 떠오르고, 모든 것을

감시하는 묘비. 나일 강변의 장엄한

스핑크스와 형제 같다:— 침묵하는 방의 얼굴.

영원히, 침묵하면서, 인간의 얼굴을

별의 천칭에 올려놓은

왕관을 쓴 머리를 보고 그들은 놀란다.

제3비가

〈두이노의 비가 3〉 중에서

홀가분한 사람, 그는 스스로 누워서, 졸린

눈꺼풀 아래 당신의 가벼운 형체에서 나타나는

달콤함을 녹이면서

맛보았던 잠 속으로 빠져들었다 —:

보호받은 사람처럼 보였다……. 그러나 내면적

으로는: 누가 그의 내부에서

혈통의 밀물을 거부하거나 저지하였는가?

아, 잠자는 사람에게 경계심이라곤 없었다: 잠자

면서,

그러나 꿈꾸면서, 그러나 열병에 걸려: 얼마나

빠져들었던가.

새로운 사람, 부끄러움을 타는 사람인 그는 내면의 사건에서

　　계속 뻗어 나오는 덩굴에 얼마나 얽혀들었던가,

　　이미 무늬를 엮어 맞추고, 질식할 듯 성장하며, 쫓기는

　　동물의 형태로. 얼마나 몰두했던가 ─. 사랑했다.

　　내면을 사랑했다, 내면의 야생을,

　　자신의 내면에 있는 원시림을, 그의 마음은 원시림에 말없이 추락한

　　존재 위에 초록빛을 내며 서 있었다. 사랑했다.

그곳을 떠나

자신의 뿌리를 지나 거대한 근원을 향해 갔다.

거기엔 그의 작은 출생이 이미 생존하고 있었다. 기꺼이

그는 오래된 피 속으로, 골짜기로 내려갔다.

거기엔 아버지들을 잡아먹어 아직도 배가 부른 무시무시한 것이 누워 있었다. 모든

끔찍한 것들이 그를 알아보고, 눈짓을 하며, 의사소통을 하는 듯했다.

그래, 그 경악스러운 것이 미소를 지었다……. 어머니, 당신은

그렇게 다정스런 미소를 지은 적이 좀처럼 없었지요. 그것이 보내는 미소에

그가 어찌 사랑하지 않으리오. 당신을 사랑하기에 앞서

그는 그것을 사랑했다. 그럴 것이, 당신이 그를

레 보의 "우뚝 솟은 산"

가졌을 때 이미,

　그것은 씨눈들을 가볍게 만드는 양수 속에 녹
아 있었기 때문입니다.

◇

알프레드 셰어[22]에게
보내는 편지
1924년 2월 26일

[···] 그 자체로 강조되지 않은 것이 저의 교양과   ²² 스위스 문학사가.
창작에 가장 본질적인 영향력을 행사하지나 않았
을까 하고 자주 자문해봅니다. 다시 말하자면 개
와의 교제, 로마에서 생업으로 세상에서 가장 오
래된 몸짓 가운데 하나를 반복하는 밧줄 제조공
을 바라보면서 보낼 수 있었던 시간 따위들 말입니
다······.
나일 강변의 조그만 마을에서 도자기를 굽는 선
반 곁에 서 있는 도공과 마찬가지로 말로 표현하기

23 Calli 이탈리아어calle(골목길)
의 복수.

는 어렵지만 가장 내밀한 의미에서 성과가 많았다고 봅니다. 또는 내가 '보' 지방에서 어느 목동과 주변 지역을 거닐 수 있었던 일이나, 혹은 톨레도에서 몇몇 스페인 친구들과 그들의 동반자들과 함께, 언젠가 구일기도Novene 풍습을 억압하였던 17세기에 바로 그 교회에서 천사들이 노래를 불렀다는, 가난에 쪼들린 작은 교회에서 태곳적 구일기도 노랫소리를 들었던 일……. 또는 베니스와 같은 헤아리기 힘든 본질이, 낯선 사람이 복잡한 '칼리'[23]에서 찾고 있던 길을 저에게 물었을 때 잘 대답해 줄 수 있을 만큼, 그렇게 저에게 친숙하게 다가온 것……. 이 모든 것들이 저에게 끼친 영향력들이지요, 그렇지 않겠습니까?

가장 큰 영향력은 아마도 제가 수많은 나라와 도시와 지방에서 홀로, 방해받지 않고서, 매우 다채롭게, 제 본질에 완전히 귀 기울이고 순종하면서

새로운 것에 자신을 내맡겨서 기꺼이 새로운 것에
속한 일입니다. 하지만 그것으로부터 제 자신을 다
시 분리시킬 필요가 있었지요……

마리 탁시스[24]에게
보내는 편지

1914년 3월 12일

그리고 그 밖에 어떤 곳을 노정에 포함시키고 싶으신지요? 조언을 드리자면, 타라스콩과 보케르에 꼭 들러보시길 바랍니다. (거기엔 오래된 아름다운 궁전이 있습니다. 요즘엔 *메리*[25]로 사용되고 있지만요.) [···]

[24] Marie von Thurn und Taxiss-Hohenlohe (1855~1934) 1875년 투른 운트 탁시스Thurn und Taxis 가문의 폴란드 방계인 알렉산더 폰 투른 운트 탁시스와 결혼함. 레겐스부르크에 있는 직계가문보다 경제적으로 많이 부족했음에도 알렉산더와 이 부부는 릴케와 스메타나 등 여러 문화·예술계 인사들을 후원하였다. 릴케는 1912년 마리 폰 탁시스의 초청으로 두이노 성에 머물면서 〈두이노

의 비가〉 중 제1비가를 쓴
다음, 1922년 스위스의 뮈
조트 성에서 완성하였다.
그는 이 비가를 마리 폰
탁시스 부인에게 헌정하
였다.

스트라빈스키, 힌데미
트, 베버른 등을 후원하
였던 스위스인 예술 애
호가 베르너 라인하르트
(1884~1951)는 릴케가
〈두이노의 비가〉를 완성
하기 위해 1921년부터 세
를 들어 살면서 창작활
동을 하던 뮈조트 성을
1922년에 구입하고 수리
하여 릴케에게 평생 무료
로 사용할 수 있도록 제
공하였다. 릴케는 생의
마지막 5년을 이 성에서
칩거하면서 왕성한 작품
활동을 하였다.

25 시청.

아비뇽
Avignon

"그 도시는 처음부터 파리행 급행열차를 타고 마지막으로 뒤돌아본 순간까지 저에겐 경탄의 대상이었습니다."

– 로자 쇼블로흐에게 보내는 편지, 1909년 11월 17일

아비뇽의 교황청

◇

안톤 키펜베르크[26]에게
보내는 편지
아비뇽(프로방스) 유럽호텔
〔1911년〕 10월 14일 저녁

친애하는 키펜베르크 박사, 우리는 이틀 전인 토요일에 편지를 썼군요. 그때 탁시스 후작부인의 커다란 여행용 자동차가 바렌느 거리의 어떤 아치문 앞에 멈춰선 다음 단순히 만사를 제쳐두고 샤랑통 다리 등등을 지나쳐 갔습니다. 그리고 이제 이틀간 평온한 여행을 하였습니다. 매일 220킬로미터를 여행하였지요. 아발롱에서 하룻밤, 그리고 리옹에서 하룻밤을 묵었지요.

저녁 무렵(시간상 저녁이 되었지요) 우리는 아비뇽

[26] Anton Hermann Friedrich Kippenberg
(1874~1950) 독일의 출판업자. 1905부터 인젤 출판사 사장을 맡으면서 릴케와 인연을 맺게 되었고, 두 사람의 교류는 평생 지속되었다. 1912년 저렴한 문고본 시리즈 '인젤 문고Insel-Bücherei'를 기획하고 첫 호로 릴케의 『코르넷 크리스토프 릴케의 사랑과 죽음에 관한 이야기』를 출간하여 대단한 성공을 거두었으며, 이 시리즈

는 오늘날까지도 계속 발간되고 있다. 릴케는 안톤의 부인 카타리나 키펜베르크(1876~1947)와도 깊은 정신적 관계를 가졌는데, 그녀는 열정적이고 자유분방한 루 안드레아스 살로메와는 달리 논리적이고 냉철한 지성 뒤에 따뜻한 심장을 품고 있는 여성이었다. 그녀는 릴케에 대한 책을 두 권 출간하였다(1935, 1946). 그녀와 릴케가 주고받은 편지들은 책으로 출간되었다.

에 도착하였습니다. 저는 이곳이 집처럼 편안합니다. 그러나 제가 위에서 "사람들"(제 생각으로는) 또는 "우리" 또는 "나"라는 말을 번갈아가며 사용했는지는 모르겠지만 읽혀지는 것은 항상 마지막 것입니다. 왜냐하면 저는 이탈리아인 운전수를 제외하고는 완전히 홀로 주변을 구경하였습니다. 후작 부인은 유감스럽게도 빈으로 가셔야만 했기에 저에게 자동차를 넘겨주셨습니다. 부인과 저는 아마도 두이노에서 처음 만났을 겁니다. 저는 여기서부터 그리로 천천히 발걸음을 계속 옮기며 편력할 것입니다.

모든 것이 어떻게 항상 기대했던 것과는 다르게 다시 나타나는지 정말 신기합니다. 몇몇 단체에서 계획한 이러한 인상적인 여행을 제가 혼자서 하리라고 누가 생각했겠습니까. 날씨가 어느 정도 뒷받침해준다면 더욱 멋진 여행이 될 것입니다. 커다란

산맥의 경계를 지나 이제 바다를 향해서 가고 있습니다. — 무엇보다도 제가 말씀드리고 싶은 점은, 바로 파리를 떠나오면서 브라우닝의 책에 관한 소식을 들었는데(저는 그것을 기억하고 있었지요), 오늘 여기에서 슈나이더 운트 그레스만 서점의 도서목록을 받았습니다. 감사합니다. 저는 그 목록을 꼼꼼히 살펴볼 것입니다. — 아직 보내지 않으셨다면 켄타우로스[27]와 함께 보내주시면 좋겠습니다. 다음 여행지의 주소를 쓸 정도의 시간밖에 여유가 없다는군요. 다음 기착지는 두이노가 될 것입니다. 제가 도중에 잠깐 다른 곳을 들를 결심을 하지 않는다면 말입니다. 이삼일 후에 당신께 정확히 알려드리겠습니다.

제가 앞으로 어떻게 할지는 신만이 아실 것입니다. 고독에 빠지고 싶은 욕구가 제 심장 가득 쇄도하고 있습니다. 두이노에 많은 사람들이 모이지나 않

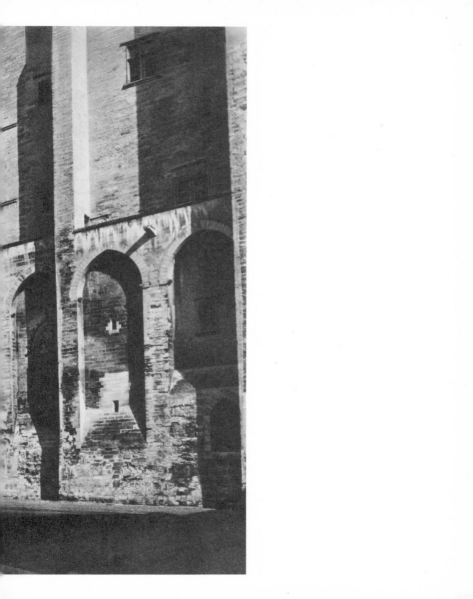

을까 걱정됩니다. 그렇다면 저는 그곳에 머물지 않을 작정입니다만 그곳에서 약간 왼쪽이나 오른쪽이 제가 생각하는 장소가 될 것입니다.

두 분 평안히 지내시길 바랍니다. 내일은 휴식을 취하는 날입니다. 날이 밝으면 아비뇽을 둘러볼 수 있다는 사실에 벌써 가슴이 부풀어 오릅니다. 오늘 저녁엔 다음과 같은 꿈만 꿀 것입니다: 저는 교황청 뒤편을 돌아오고, 제가 잘 알고 있는 것처럼 교황청은 별들을 마주 보며 솟아올라서, 사람들이 별들을 내몬다고 말할 정도로 하늘 깊숙이 들어갑니다. 제가 보지는 못하겠지만, 그것은 사물들이 우리의 심장을 꺼내 먹고 오래도록 사는 꿈속의 본질과도 같습니다.

편히 주무시길 바랍니다.

릴케 드림

빌뇌브레자비뇽에서 바라본 아비뇽

◇

마틸데 폴묄러[28]에게
보내는 편지
1908년 9월 15일

[28] Mathilde Vollmoeller
(1876~1943) 독일의 화가.
1897년 시인 슈테판 게오르
게의 낭송회에서 릴케를 처
음 만남. 두 사람이 주고받
은 편지 99통이 책으로 출
간되었음. 1907년 파리에
서 세잔 전시회가 열렸을 때
두 사람은 세잔의 그림을
보기 위해 같이 갔었고 그
녀는 '보는 법'에 대해 릴케
에게 가르침을 주었으며 고
흐의 그림도 소개해주었음.
1912년 화가 한스 푸어만
Hans Purrmann과 결혼함. 최근
에 그녀의 그림이 재평가되
기 시작함.

저는 믿기지 않는 교황청의 사진을 두 장 가지고 있습니다. 그러나 이 사진들은 당신의 카드에 있는 그림과는 비교조차 할 수 없습니다. 거기엔 교황청이 전적으로 타고난 과장된 형태로 도시 위로, 당장 생각할 수 있는 모든 것 위로 우뚝 솟아 있습니다.

언젠가 봄에 거기로 여행을 하면서 이것들을 곁에 나란히 놓아둔 적이 있었는데, 그건 정말 바보 같은 행동이었다는 생각이 듭니다. 그 연극에 적어도 한 시간이라도 참여하지도 않고서 말입니다.

◇

마리 탁시스에게
보내는 편지
1914년 3월 12일

친애하는 후작부인, 제가 너무 늦었을까요? 아무래도 그런 것 같습니다. 아, 정말이지 제가 그 자리에 있어야 했는데 유감입니다. 정말 제대로 조언을 드리기 위해서는 말이지요. 사람들이 이것이네 저 것이네 하며 사물들의 이름을 말하는 것은 아무런 소용이 없습니다. —함께 시도를 하여야 하며, 기대할 수 있는 것을 위하여 도정에 있는 모든 기대하지도 않았던 것을 선물로 받아들여야지요. 그렇게 함으로써 전체가 되고, 온전한 것이 되며, 생

29 Palais des Papes 교황청.
30 옹벽, 부벽.
31 참회(회색? 또는 검은색).

생하게 되지요. 선입견과 사소한 것에 너무 얽매이는 일뿐만이 아닙니다. 저는 거리의 이름도 잊어버렸으며, 심지어 '유럽호텔'에서 나가면 곧 지나가게 되는 교회도 제 머리에서는 떠오르지 않습니다.

팔레 데 파프[29]를 보시라고 제안 드립니다. 교황청에서 무엇보다도 양어장과 사냥터를 그린 벽화가 있는 투르 드 라 가르드로브의 방을 보시기 바랍니다. 교황청 앞에 오른쪽으로 난 좁은 길도 그냥 지나치지 마시기 바랍니다. 이 길은 위쪽으로 바위를 떠받치고 있어서 긴장을 잔뜩 자아내는 콩트르포르[30] 아래로 이어집니다. 이곳을 통과하셨다가 천천히 돌아오시기 바랍니다……. — 이 길을 따라 계속 가면 텅 빈 거리가 나타나고 그 끝에 페니탕 Pénitents(gris? ou noirs)[31]이라는 예배당이 있습니다. — 하지만 그것은 곧 저에게 가장 중요한 것, 탕튀리에 거리를 떠올리게 합니다. 그 거리는 이중의 휘

장처럼 물과 길로 나뉘어져 있으며, 오래된 플라타
너스들이 돌난간을 따라 서 있습니다.

아마도 그 거리의 매력을 제대로 느끼려면 여름이
어야 할 것입니다. 그럴 것이 플라타너스의 초록
이 거기에 있어야 하고, 나무의 내비치는 그림자도
말입니다. ― 그리고 오래된 물레방아들이 연달아
(물레방아의 놀라운 움직임, 마치 동물 같은 일어섬)
개울의 냉기를 찬찬히 끌어올리고 있어야 하고, 반
그림자가 있는 여름날에 골고루 뿌려주어야 합니
다. 거기에는 ― 쉽게 눈에 띕니다 ― 또 하나의 참
회예배당이 있습니다. 세 개의 어두운 내부 공간
은 검은 송이를 이루고 있는 세 알의 포도처럼 모
여 있지요. ―

그다음에는 바로 아비뇽을 바라보는 전망입니다.
빌뇌브레자비뇽을 향하고 있는 다리를 지나서 바
르틀라스 섬에서 멈춥니다. 그런 다음 오른쪽으로

강을 따라 난 작은 시골풍의 오솔길로 접어들어서, 유실되어 완전히 짧게 줄어든 다리[32]가 반항하듯 버티고 서 있는 모습이 마주 보이는 지점까지 가면, 그 뒤로 *레 로셰 뒤 돔 정원*[33]과 아비뇽이 보입니다. —

그리고 우연이 따른다면 골동품들을 발견할 수도 있을 것입니다. 그리고 또 하나, 옛날에는 좀도둑을 감금하던 *비올롱*[34]으로 사용되었던, 시청의 베프르와[35]에는 프레스코화가 있습니다. 이것으로 부족하다면, 날씨가 좋을 경우 탑의 망루로 올라가서 한 쌍의 유쾌한 종지기를 보시는 것도 추천해드릴 만합니다. —

탕튀리에 거리

◇

루 안드레아스 살로메에게
보내는 편지
1909년 10월 23일

최근 몇 주 동안, 약 십여 일 전까지 저는 프로방
스의 아비뇽에 있었습니다. 그것은 기억에 남을 만
한 여행 가운데 하나였습니다. 17일 동안 거의 매
일 거대한 교황청을 보았습니다. 그 신비스럽게 봉
인된 성, 그곳에서 교황은 주변부가 썩기 시작했
음을 느꼈고, 자신을 보존할 생각을 하면서, 스스
로를 바짝 줄이며 최후의 진정한 열정 속에서 생
활하였습니다. 종종 사람들은 이 절망적인 건물을
다시 보게 됩니다. 이 건물은 믿기지 않는 바위 위

에 세워져 있어서 지금까지의 모든 것과 모든 신뢰성을 넘어 도약해야만 들어갈 수 있습니다. 론 강의 건너편인 빌뇌브에서 바라보면, 왜 그런지는 모르지만, 이 도시는 위대한 노브고로드[36]를 생각나게 합니다. 이 경치 속을 몇 시간 더 걷다가 아마도 당신의 옛 고향이었을 놀라운 장소를 발견하게 되리라고는 그때는 미처 예감하지 못했습니다.

[36] Novgorod는 새로운 도시라는 의미. 모스크바와 상트페테르부르크를 잇는 연방도로상에 있는 러시아의 북서쪽에 위치한 도시.

아비뇽에서 보낸 날들

『젊은 노동자의 편지』, 1922에서

37 튀니지의 수도.

한때 몇 달 동안 마르세유에서 일했습니다. 그것은 저에게 특별한 시기였으며, 그 시기에 매우 감사하고 있습니다. 저는 우연히 젊은 화가를 만나게 되었는데, 그가 죽을 때까지 친구로 지냈습니다. 그는 결핵을 앓고 있었고, 당시 튀니스[37]에서 막 돌아온 참이었습니다. 우리는 많은 시간을 함께했습니다. 제가 계약을 끝낸 시기와 그가 파리로 돌아오는 때가 일치하여, 우리는 아비뇽에서 며칠간 체류할 수 있도록 날짜를 조정할 수 있었습니다.

아비뇽에서 보낸 며칠을 저는 잊을 수가 없습니다. 부분적으로는 도시 자체와 도시의 건물 그리고 주

교황청

변 환경 때문이기도 하였고, 다른 한편으로는 체류하는 동안 제 친구가 끊임없이 이야기를 해주었고, 또한 교제가 더욱 무르익어 특별히 내면 생활의 여러 가지 상황들에 관하여, 그런 병에 걸린 환자들에게 어떤 시점에 독특하게 나타나는 듯 보이는 달변으로 속내를 털어놓았기 때문이기도 하였습니다. 그가 말한 모든 것은 기이하게도 예언적인 힘이 있었습니다. 거의 숨 돌릴 틈도 없이 쏟아져 나오는 모든 대화를 통해서 어느 정도 토대와 토대 위에 놓인 초석이 보였습니다……. 제가 말씀드리고 싶은 것은, 우리만의 것 이상의, 자연 그자체, 자연의 가장 오래된 것과 가장 단단한 것입니다. 하지만 우리는 그것을 여러 곳에서 접촉하고, 그리고 그것의 성향이 우리의 기호를 규정함으로써 아마도 가장 내몰린 순간 그것에 의지하게 됩니다. 사랑의 체험이 뜻밖에 행복하게 찾아와서,

그의 마음은 수일간 보통이 아니게 한껏 부풀어 올랐습니다. 그래서 다른 한편 그에게서 삶의 유희하는 광선이 매우 많이 분출되었습니다.

그러한 심리상태에 있는 사람과 함께 멋진 도시와 호감이라는 말로는 부족한 경치를 구경하는 것은 흔하지 않은 특혜입니다. 기억을 더듬어보건대, 부드러우면서도 동시에 열정적이었던 그 봄날들은 평생에 걸쳐 단 한 번뿐인 휴가였습니다. 그 시간은 우스울 정도로 너무 짧았고, 다른 사람이라면 몇 가지 인상밖에 못 느꼈겠지만 시간을 자유롭게 보내는 데 익숙지 못한 저로서는 충분하게 느껴졌습니다.

그래요, 그것을 여전히 *시간*이라고 부르기보다는 오히려 자유로운 존재의 새로운 상황이라고 부르는 것이 더 옳다는 생각이 듭니다. 제대로 느낄 수 있는 공간, 열려 있는 것으로 둘러 싸여 있는 것이지 사라져 없어지는 것이 아니지요. 이렇게 말해도

좋다면, 당시 저는 유년기과 청년기의 일부를 만회하였습니다. 저의 내면에서 수행된 모든 것은 결코 시간이 아니었습니다. 저는 보았고, 배웠으며, 파악하였습니다. 그리고 "신"을 말하는 것이 그다지도 쉽고, 그다지도 진실하며, 그다지도— 제 친구라면 그렇게 말했을 것입니다 — 아무런 문제 없이 간단하다는 경험도 그 당시에 한 것입니다. 교황들이 거기에다 세운 건물[38]이 저에게 얼마나 대단하게 다가왔겠습니까? 도대체 내부공간이란 있을 수 없고 순전히 빽빽한 돌덩이들이 켜켜이 쌓여 있어서, 마치 유배자[39]들이 교황권의 무게와 그의 우월성을 역사의 저울 위에 쌓아 올리는 일만 중요시했던 것 같은 인상을 받았습니다. 이 교회 궁전은 암석 기반 속에 집어넣은 고대 헤라클레스 토르소 위에 높이 쌓아 올려졌습니다. —"이 씨앗이 어마어마하게 자라서 저 궁전이 된 것 같지 않나요?"라고

아비뇽 성당 내부

피에르가 말했습니다. — 이것이 변해서 기독교가 되었다는 말이 저로서는 점점 더 잦아들며 흘러나오는 저 탕약 속에서 씨앗의 힘과 맛을 인식한다는 말보다 더 잘 이해가 됩니다. 탕약은 씨앗에서 싹튼 가장 부드러운 새잎으로 만든다고들 하지요.

하지만 대성당들 또한 사람들이 우리에게 원래의 기독교적 정신이라고 납득시키려는 그 정신의 몸체가 아니겠습니까. 저는 몇몇 대성당들 아래에는 충격을 받은 그리스 여신의 입상이 쉬고 있으리라는 생각이 듭니다. 그들 안에서 무수히 많은 것들이 활짝 피어나고 무수히 많은 존재들이 솟구쳐 올라왔습니다. 비록 그 여신들이 당시에 생겼던 불안감을 품고 은폐되어 있는 육체를 떠나 거대한 종들의 음향이 지속적으로 열려 있도록 규정해놓은 하늘로 올라가려고 계속해서 애를 썼음에도 불구하고 말입니다.

교황청

오귀스트 로댕[40]에게
보내는 편지

1912년 11월 9일

[40] Auguste Rodin
(1840~1917) 프랑스의 조각가. 현대 조각의 시조. 릴케는 1902년 로댕의 전기를 써달라는 청탁을 받고 파리로 감(1903년 『오귀스트 로댕』 출간). 1905년 로댕의 개인 비서 역할을 하였으나 1906년 로댕의 오해로 결별하게 됨. 화해하였으나 이듬해 영영 결별하게 됨.

아비뇽을 그토록 좋아하기에 마치 저에겐 톨레도를 미리 느끼는 듯, 거의 아는 듯합니다. 톨레도는 프로방스의 교황청과 기이한 연관관계가 있습니다.

로댕의 수채화

1911년 아틀리에에서의 로댕

로댕의 수채화

한스 폰 데어 뮐[41]에게
보내는 편지

1920년 10월 12일

[41] Hans von der Mühll
(1887~1953) 스위스의 건축
가. 스위스의 외교관이자 역
사가인 카를 야콥 부르크하
르트의 처남. 릴케는 두 사람
과 모두와 교분이 있었다.

항상 그렇듯이, 저는 자주 론 강가로 나갔습니다 ―. 놀랍게도 저는 그 강변만 보아도 친밀감을 느낍니다. 그 물줄기는 다른 강보다도 더 많은 힘을 가진 듯하고, 그 강에서 생기를 부여받은 지역을 자신의 것으로 만드는 듯합니다. 보클뤼즈, 아비뇽, 바르틀라스 섬, 그리고 이 신비로운 합류점 등 모든 것들이 그 강과 인척간이거나 친척간입니다.

마리 탁시스에게
보내는 편지
1921년 7월 25일

[42]Valais. 스위스 남서부의 주(州)로서 남쪽으로는 이탈리아, 서쪽으로는 프랑스와 경계를 이루고 있다. 중심지는 시옹이며, 마터호른과 체르마트 등의 관광지, 그리고 포도주로 유명하다. 이곳 발레 주의 산악빙하 지역에서 론 강이 시작된다.

지난 몇 주 동안 몇 번이나 방문 드리겠다는 말씀을 드리려고 했습니다만, 그러려고 할 때마다 제 마음은 무엇인지 모를 끈적끈적한 어떤 감정에 빠졌습니다. 하지만 다른 한편 저를 붙잡는 것은 이 멋진 발레[42]였습니다. 여기 아래쪽으로, 시에르와 시옹으로 여행을 한 것은 정말 경솔한 짓이었습니다. 작년 포도 수확기에 즈음하여 그곳을 처음 봤을 때, 이 지역이 저에게 독특한 마법을 건 것 같다고 당신께 말씀드린 적이 있지요. 이곳의 풍광에서

론 강의 생베네제 다리

스페인과 프로방스가 기묘하게 뒤섞이어 나타나는
현상이 당시에 이미 저를 완전히 사로잡았습니다.
그럴 것이 두 경치는 전쟁 전 몇 해 동안 다른 어
떤 경치보다도 더 강하고 더욱 결정적으로 저에게
말을 건넸기 때문입니다.

이제는 그 두 목소리들은 하나가 되어 스위스의
펼쳐진 계곡에서 발견됩니다! 이러한 화음, 이러
한 가족 같은 친밀감은 결코 상상이 아닙니다. 더
구나 최근에 저는 발리스[43]의 식물세계에 관한 개
요에서, 이곳에서 피는 몇몇 꽃들은 다른 지역에
서는 프로방스와 스페인에서만 등장한다는 내용
을 읽었습니다. 이와 유사한 것으로는 나비가 있습
니다. 이런 식으로 위대한 물길(론 강은 저에게 항상
가장 경이로운 강 가운데 하나였습니다!)의 정신은
여러 지방을 거치면서 재능과 친화성을 운반하나
봅니다.

◇

안톤 키펜베르크에게
보내는 편지
1909년 10월 9일

아비뇽은 제게 많은 볼거리를 제공해주었습니다.

안톤 키펜베르크에게
보내는 편지

1911년 10월 23일

친애하는 키펜베르크 박사, 자동차로 볼로냐에 도착한 다음, 어제 저녁부터 저는 여기에 있습니다. 숙박도 독특하였고, 많은 것들이 양보되었고, 많은 것들이 유보된 여행이었습니다. 쉽지는 않았습니다만 이해를 하기 위해서는 도중에 고도의 주의력이 요구되었고, 이곳저곳에 도착하면서 제 자신을 속도와 분리시키려 했지만, 매번 다시 같은 자리에 있게 되는 기이하면서도 세세한 여행이었습니다. 기계44가 우세하였고, 우리들은 기계의 일부가

되었습니다. 말하자면 우리는 저녁때 부속품으로
서 침대에 누워 나사못에 대한 꿈을 꾸고 나사못
을 상상하였습니다.

그럼에도 불구하고 보따리에 든 인상은 적지 않았
습니다. 이러저러한 많은 지방의 환경을 얼굴 전체
에다 문질러 발랐습니다. 아발롱(오제르 뒤쪽), 리
옹, 아비뇽(하루의 휴식), 쥐앙르-펭(칸느 근처), 산
레모, 사노바, 피아센차, 볼로냐 등이 우리가 묵었
던 곳입니다.

오랑주
Orange

엄청난 규모의, 초인간적인 연극이 공연되고 있었다.

－『말테의 수기』 중에서

오랑주의 개선문

오랑주의 극장

『말테의 수기』 중에서

오랑주의 원형극장에서였다. 똑바로 쳐다보지도 못하고, 단지 지금 파사드[45]를 이루고 있는 거친 돌조각들만 의식하면서, 나는 문지기가 있는 작은 유리문을 통해 들어갔다. 나는 넘어져 있는 원주들과 키 작은 당아욱꽃들 사이에 있었다. 그러나 이것들 때문에 입 벌린 조개껍질 모양의 경사진 관객석이 잠시 가렸다. 관객석은 우묵한 거대한 해시계처럼 오후의 그늘로 인해 나뉘어져 있었다. 나는 서둘러 그리로 갔다. 줄줄이 늘어선 경사진 관객석을 걸어 올라가면서, 이러한 주위 환경 속에 있는 나 자신이 작아지는 느낌이 들었다. 약간 높은 위

[45] Fassade(독), facade(영). 건물의 정면 또는 입면.

쪽에는 몇몇 외국인들이 억지 호기심을 보이며 이
상한 모양으로 흩어져 어슬렁거리고 있었다. 그들의
옷은 너무나 두드러져 불쾌할 정도였다.[46] 그러니
그들의 안목은 언급할 가치도 없을 것이다. 그들은
잠시 동안 나를 바라보더니, 내가 작게 보여서 놀
라는 것 같았다. 그래서 나는 등을 돌려버렸다.

아, 전혀 예상하지 못한 광경이었다. 연극이 진행되
고 있었다. 엄청난 규모의, 초인간적인 연극이 공
연되고 있었다. 수직으로 세 부분으로 나뉘어 등
장하고 있는 거대한 무대의 벽이 연출하는 연극이
었다. 그것은 너무나 커서 굉음을 울리는 듯했고,
파괴적인 위용을 자랑했지만, 갑자기 그 엄청난 거
대함 속에 중용을 품고 있는 듯 보였다.

나는 행복스런 경악으로 어쩔 줄을 몰랐다. 거기에
있는 벽은 그림자로 인하여 사람의 얼굴 모습을 하
고 우뚝 솟아 있었다. 그림자의 어둠은 중간 부분에

고대원형극장

몰려 입을 형성하였고, 이것은 위쪽 수평돌림띠가 만들고 있는 가지런한 고수머리 모양과 경계를 이루고 있었다. 이것은 모든 것을 변장시킬 수 있는 강력한 고대의 가면이었다. 가면 뒤에는 세계가 얼굴로 응축되어 있었다. 여기, 이 거대한, 우묵한 원형 관람석을 무엇인가 기다리고 있는, 텅 빈, 빨아들이는 존재가 지배하고 있었다. 신들과 운명 등 모든 사건은 저쪽, 무대에 있었다. 그리고 저 건너편에서부터 (위쪽을 쳐다보면) 무대 벽의 꼭대기를 가볍게 넘어 영원히 입장하는 하늘이 왔다.

이제야 알게 된 것이지만, 이 순간 나는 우리 현대의 연극으로부터 영원히 축출당하였다. 거기에서 내가 무엇을 하랴? 이 벽(성자상이 늘어서 있는 러시아 정교회의 벽)을 치워버린 무대 앞에서 무엇을 할 수 있겠는가? 사람들은 딱딱한 벽을 통하여 기체 형태의 줄거리를 커다랗고 묵직한 기름방

울이 흘러나오도록 짜낼 힘이 더 이상 없기 때문에 벽을 철거해버린 것이다. 이제 조각난 작품이 무대라는 구멍이 성긴 거친 체로 걸러져서 수북이 쌓이면 치워진다. 그것은 거리에서나 집안에서 볼 수 있는 설익은 현실과 마찬가지다. 다른 점이 있다면, 연극에서는 현실에서 하루 저녁에 일어나는 일보다 더 많은 사건들이 동시에 일어날 뿐이다.

(하지만 솔직하게 이야기해보자. 우리에게 신이 없는 것과 마찬가지로 우리에겐 연극[47]도 없다. 여기에 공통점이 있다. 누구나 특별한 착상이나 두려움을 가지고 있지만, 그것을 자신에게 유용하거나 적합한 만큼만 다른 사람에게 보여주려 한다. 공통되는 곤궁의 벽을 향해 외치지는 않고, 이해력이 충분하도록 우리는 그것을 지속적으로 희석시킨다.[48] 곤궁의 벽 뒤에는 납득할 수 없는 것이 스스로를 축적시키고 긴장시키는 시간이 있다.)

[47] 고대연극과 같은 진정한 연극.

[48] 예전에 독일에서는 예기치 않던 손님이 방문하는 경우 수프의 양을 늘리기 위해 물을 부었다고 한다. 고대연극과는 달리 집중성이 없는 피상적인 현대연극을 빗댄 말.

◇

마리 탁시스에게
보내는 편지
1914년 3월 12일

그리고 그 밖에 무엇을 부인의 노정에 포함시키고
싶습니까? 저는 [···] 오랑주를 추천해드리고 싶습
니다. 특히 너른 광장에서 양 떼가 이리저리 풀을
뜯고 있을 때 도시 들머리에 있는 개선문을 들러
보시기 바랍니다. ― 저는 지난번에 피에로와 함께
거길 지나갔습니다.

카르팡트라/방투 산
Carpentras/Mont Ventoux

[···] 그다음에는 가능하시다면 꼭 카르팡트라를 들러 보시기 바랍니다. 어느 주교가 그곳에다 세운 멋진 노인병원, 노인들은 매우 작아졌지만 그들을 에워싸고 있는 건물은 점점 더 커집니다.— 사정이 허락하신다면 오래된 아름다운 유대교회당도 들러보시기 바랍니다 —병원의 발코니에서 방투 산을 바라보는 광경은······.

—마리 탁시스에게 보내는 편지, 1914년 3월 12일

병원의 오래된 약국

이테 리벤탈[49]에게
보내는 편지
1922년 1월 18일

제가 '시' 작업을 다시 시작한 오늘 아침에도 제 머릿속엔 오래된 멋진 약국이 떠올랐습니다. 저는 한때 주교좌 도시였던 카르팡트라에서 몇 년 전에 예술적 가치 때문에 그 약국을 구입하려고 제안한 적도 있었지요. 당신의 시구는 오늘 갑자기, 어둠 속에서 벽을 가득 채운 아름답고 문이 없는 격자 선반에 질서정연하게 늘어선 뚜껑 닫힌 약 항아리들이 제 눈앞에 나타나도록 했습니다. 각각의 항아리는 푸른 꽃들로 제각기 표현력이 풍부하게 장

[49] Ite Liebenthal
(1886~1941) 독일의 여성 시인. 릴케와는 1916년부터 알고 지냄. 릴케는 그녀의 시집을 인젤 출판사에서 출간될 수 있도록 주선했으나 수포로 돌아감.

식되어 있지만, 그럼에도 모든 항아리들은 다시 하나같습니다. 각각의 항아리는 독이나 열화 또는 냉기를 담고 있고, 완전하고 커다란, 마치 솟아오르는 듯한 글씨로 내용물의 이름이 표기되어 있어서 그 내용물을 공개적으로 알리고 있습니다. 하지만 항아리들은 다시금 내용물을 완전히 감추고 있습니다. 각각의 항아리가 자신의 이름 속에서 말이지요. 은폐란 그런 식으로 탁월하게 말로 표현하는 형상입니다.

안톤 키펜베르크에게
보내는 편지
1911년 6월 28일

성 아우구스티누스의 훌륭한 『고백록』을 펼치는
일은 저의 늦은 저녁일과 중의 하나가 되었습니다.
저는 그 책을 지금 라틴어로 읽고 있습니다. 입에
담기 어려울 정도로 형편없는 프랑스어판을 곁에
두고 말이지요. 정말이지 이것은 생각할 수 있는
한 가장 맥 빠지고 정말 우스꽝스러운 의역입니다.
페트라르카의 편지도 그러한 상황이라면 물론 라
틴어판을 보아야겠지요. 부흐발트 박사는 원판본
을 발견하였답니까? 제가 아비뇽에서 발견한 프

랑스어판에는 다음과 같은 표제어가 붙어 있습니다. François Petrarque / à Denis Robert / de Borgo San Sepolcro / Salut. / Il raconte son ascension du Mont Ventoux.

프란체스코 페트라르카[50]

방투 산 등정

나는 오늘 이 지역의 중요한 봉우리를 보고자 하
는 일념에서, 이 지방에서 가장 높은 산을 올랐다
네. 그 산이 까닭 없이 벤토수스(방투)라고 불린
것은 아니라네. 여러 해 동안 나는 이 길을 마음
속에 그리고 있었다네. 자네도 알다시피, 어린 시
절부터 이미 나는……

릴케의 번역

[50] Francesco Petrarca
(1304~1374) 이탈리아의
시인. 단테, 보카치오와 더불
어 초기 이탈리아 문학을 대
표하는 작가.

릴리 샬크[51]에게
보내는 편지
1911년 5월 14일

[51] Lily Schlak-Hoppen
(1873~1967) 오스트리아의
가수. 1904년 지휘자이자 빈
국립오페라단장 프란츠 샬
크(1863~1931)와 결혼.

지속적으로 우리에게 한 가지 해법으로 세계가 가
능한 것과 불가능한 것으로 구분되어 침전된다거
나, 외부세계가 공허로 돌변하는 순간에는 열려
있는 상태에 익숙해져 있고 계절이나 인간 또는 신
을 낭비하려고 할 때엔 우리가 닫혀 있거나 묶여
있었다는 그러한 감정으로 우리가 이런저런 일들
을 경험했다는 사실을 당신이 설혹 알고 계실지도
모르겠습니다. 그러나 그렇게 인생에서 커다란 단
절이 갑자기 생기리라고는 당신은 상상하지 못할

것입니다. ─ 이 모든 것을 당신은 알고 계시지요. 우리는 한눈에 의견의 일치를 보게 될 것입니다만, 설사 당신이 여기에 있다고 하더라도, 제 자신에 관하여 결코 글을 쓰고 싶지 않을 정도의 무거움과 혼탁함이 왜 제 인생에 뿌리내리는지 그 까닭을 당신께 설명할 수 있을지는 의문입니다. "나"를 말하는 것을 들으려는 사람들에 대해서 저는 거부감을 가지고 있습니다. 더 이상의 부정확함이 따르는 말은 없습니다. 당신은 분명 엄청난 상상력으로 그것과 연관시켜서, 그래서 편지를 없애버리거나 부인하게 될지도 모르지요. 그 어떤 제한된 설명조차도 제시하지 않으면서 말입니다.

일요일인 오늘, 저는 당신이 보낸 11월 17일 자의 편지를 다시 읽습니다. 당신께 편지를 쓰려는 ─제가 느끼는 ─ 작은 용기를 내니 일이 잘 되리라는 징조 같은 것이 보입니다. 당신의 편지가 여기 도

착한 날을 기억합니다. 긴 여행이 시작되었고, 그 여행에서 저는 부활절에야 되돌아올 수 있었지요. 그것에 관한 소식은 당신께 전해졌습니다. 저는 정말로 알제리, 튀니스, 마지막으로는 이집트에 있었습니다. 그러나 일이 제대로 진행되었더라면, 저는 도처에서 가장 위대한 외계의 사물들 앞에서 페트라르카가 만났던 성스러운 아우구스티누스의 그 부분을 펼쳤을 테지요. 페트라르카가 방투 산의 정상에서, 호기심으로 손에 익은 작은 책을 펼쳤을 때, 그가 발견한 것은 바로 산과 바다 그리고 자기 자신으로부터 멀어지는 것에 대한 비난이었지요. 제가 한 그 여행은 대단했습니다. 사람들이 관대하게 인정했던 그러한 변명 같은 것이 제 뒤에 놓여 있습니다. 변명이란 원래 견고하거나 지속적이지 않은 법이지요. 저를 둘러싸고, 제 옆에서, 제 눈앞에서 펼쳐졌던 많은 것들과 종종 엄청난

방투 산의 북서쪽 전경

것들, 존재 그 자체는 여러 번 각인되었습니다. 그러나 그 가운데서 몇몇이 성장한 다음 저에게 돌아오도록 하는 일은 나중에야, 아마도 훨씬 나중에야 가능할 것입니다.

릴케와 프로방스
Rilke und die Provence

황금빛 들판, 널찍한 플라타너스 가로수길, 투명한 그림자 — 하얀 백리향 등을 보는 법을 배우기, 또는 우물, 반짝이는 색채, 해바라기, 빛, 그림 등의 특징 없음. 꿈만 꾸어왔던 보는 법을 배우기.

프로방스의 공기와 공간 그리고 빛은 호흡한 것을 눈에 보이게 만들고, 눈에 보인 것을 내면화시키는 화가의 눈을 단련시켰다. 우리는 여기서 누구보다도 반 고흐와 세잔을 들 수 있을 것이다. 반 고흐란 이름은 아를을, 세잔이란 이름은 엑상프로방스를 떠올리게 한다. 릴케는 언급한 화가들이 전혀 새로운 방향에 서 있음을 인식하였다. "그것은 내가 알고 있는 회화에선 전환점이오."[52] 그는 고흐가 "완전히 새로운 길을 가고 있다"고 말했다. 그러나 릴케에게 있어 고흐라는 인물의 비범한 운명은 전면에 부각된 반면, 세잔이라는 인물은 완전히 시야에서 보이지 않게 되고, "엑상 지방의 남

[52] 다른 언급이 없는 경우 약자로 표기된 책은 다음을 말한다. 출판사가 언급되지 않은 책은 인젤 출판사본을 의미한다.

SW I-VI: Rainer Maria Rilke, *Sämtliche Werke*. Hg. vom Rilke-Archiv. In Verbindung mit Ruth Sieber-Rilke besorgt durch Ernst Zinn. Babd I-VI. Wiesbaden, Frankfurt a. M. 1955-1966.

GBr I-VI: Rainer Maria Rilke, *Gesammelte* Briefe in sechs *Bänden*. Hg. Ruth Sieber-Rilke und Carl Sieber. Leipzig 1936-1939.

Rilke-Chronik: Ingeborg Schnack, *Rainer Maria Rilke*. Chronik seines Lebens und seines Werkes. Frankfurt a. M. 1975. Band I(1875-1918), Band II(1918-1926).

클라라 릴케에게 보내는 편지, 1907년 10월 18일, in: GBr II, S. 430.

53 뮈조트에서 게르투르트 오
우카마 크누프에게 보내는
편지, 1921년 11월 26일, in:
GBr V, S. 49.

54 파리에서 로자 쇼블로흐에
게 보내는 편지, 1909년 11
월 17일, Rilke-Chronik I, S.
337에서 재인용.

반 고흐가 프로방스 시절에 그
린 작품

녁 태양의 지속적인 반사광 속에서 사라지고 말았
다." 릴케의 프로방스 여행은 시지각 학습의 수업
시대, 즉 본 것을 말할 수 있는 것으로 변환시키는
연습을 한 수업시대였다.

라이너 마리아 릴케는 게르투르트 오카마 크노프
에게 보내는 편지에서, 그가 어린 시절 기나긴 일
요일 오후와 겨울날 저녁에 여행에 관한 기사가
들어 있는 제본된 잡지들을 펼쳐놓고 앉아 "희망
을 주는 이미지들을 동반하였다"[53]고 얘기한다. 그
는 꿈꾸었던 풍경들을 언젠가 체험하게 될 날을
손꼽아 기다렸다. 유년 시절의 예감이 미래의 어떤
것을 담고 있다는 그의 믿음은 "체험과 경탄의 꽃
다발"[54]이라고 표현했던 프로방스 여행에서 입증되
었다. 비록 릴케가 프로방스에서 보낸 시간이 상대
적으로 짧긴 했지만 — 1909년 5월 22일부터 30일
까지 그리고 9월 22일부터 10월 8일까지의 두 번

의 여행, 1911년 10월 12일부터 21일까지의 남프랑스에서 두이노로 가는 여행 도중에 프로방스를 거쳐 간 여행—도시와 풍광의 다양한 모습을 뒤에 남겼다. 그것들의 부드러움과 거침 사이의 대조는 그에게 잊을 수 없는 인상을 남겼다. 프로방스에 대한 회상은 말년에 이르기까지 그의 편지에 지속적으로 나타나고 있다.

처음으로 프로방스 여행을 했던 1909년은 릴케에게 중요한 해였다. 그럴 것이 소설 『말테의 수기』를 탈고하기 위하여 마지막 손질을 하고 있었던 때이기도 하고, 동시에 세잔을 발견한 때이기도 하기 때문이다. 그는 클라라 베스트호프 부인에게 보내는 편지에서 "원시적이고 메마르긴 하지만 최초의 성공을 거둔 사람은 세잔이었습니다. 『말테』에서는 아직 거기에 도달하지 못하였지요. 말테의 죽음, 그것은 바로 세잔의 삶입니다."[55]라고 말했다.

[55] 파리에서 클라라 릴케에게 보내는 편지, 1908년 9월 8일, in: GBr II, S. 403.

폴 세잔의 「생트빅투와르 산」

56 클라라 릴케에게 보내는 편지, 1907년 10월 7일, in: GBr II, S. 403.

57 메를리네(발라디네 클로소브스카)에게 보내는 편지, 1920년 12월 16일에게 보내는 편지 참조.

58 파리에서 클라라 릴케에게 보내는 편지, 1907년 10월 10일, in: GBr II, S. 414.

폴 세잔의 정물화

말테 로리드 브리게는 고찰방식의 주관적 요소, "대략적으로 보기"를 극복하고자, 사물을 구체적 맥락 속에서 이해하고자 필사적인 노력을 하였다. "나는 보는 법을 배우고 있어."라는 문구는 주도동기이다. 말테처럼 릴케도 고요하게 관찰하는 법을 배우고자 하였으며, 세잔처럼 존재하는 것을 포착하려고 시도하였다.

1907년 릴케는 세잔이 죽은 후 일 년 만에 개최된 추모전시회가 열린 그랑팔레의 오톤(역주: 가을)살롱을 거의 매일 방문하였다. 1907년 클라라 릴케에게 썼듯이, "전시회에서는 언제나 그림보다 그림을 둘러보는 사람들이 훨씬 더 내 눈길을 끄는군요"[56]라고 한 것은 그가 세잔의 그림과의 만남을 "큰 불을 선명하게"[57] 본 것처럼 체험했다는 말이다. 그는 클라라에게 "갑자기 사람들은 제대로 된 눈을 가지게 되었소"라고 쓰기도 하였다.[58] 세잔은

그에게 상호연관된 색채를 보는 눈을 뜨게 하였다. 이 눈을 통하여 그림은 "현실과 같은 무게를 갖게 된다".[59] 릴케는 세잔의 색채가 "그림에서 우유부단함을 덜어준다고" 느꼈다. 그는 세잔에게 있어 "이 붉은색의, 이 푸른색의, 이 색채의 소박한 진실이 보여주는 선한 양심"에 관하여 말한다.[60] 세잔 전시회의 체험에서 영감을 얻고, 또한 대도시의 혼란스러운 궁핍상태에서 벗어나고자 하는 소망에 고무되어 릴케는 프로방스로 첫 번째 여행을 떠나게 된다. 따사로운 봄 날씨에 릴케는 기대에 한껏 부풀어 있었다. 그는 클라라에게 여행길에 오른 것이 매우 즐겁긴 하지만 여행을 너무 일찍 떠난 것이 아닐까 하는 의구심도 든다고 편지를 썼다. 그는 스스로 자신이 바랐던 대로 볼 수 있을지 자문하기도 하였다. "제대로 보고 여행을 한다면, 거기에서 무엇인가가 나와야 한다".[61] 이러

[59] 파리에서 클라라 릴케에게 보내는 편지, 1907년 10월 22일, in: GBr II, S. 447.

[60] 클라라 릴케에게 보내는 편지, 1907년 10월 13일, in: Rainer Maria Rilke, Briefe über Cézanne. Hg. Clara Rilke. Besorgt und einem Nachwort versehen von Heinrich Wiegand Petzet. Frankfurt a. M.: insel taschenbuch 672, 1983, S. 40.

[61] 파리에서 클라라 릴케에게 보내는 편지, 1909년 5월 28일, in: GBr III, S. 63.

반 고흐가 프로방스 시
절에 그린 작품

한 자기비판은 후일의 발전, 즉 두 번째 프로방스
여행을 묘사할 때의 문체 변화를 암시하는 것이
다. 첫 번째 여행을 묘사할 때는 가벼우며 이야기
하는 어투를 사용하였다면, 초가을에 떠난 두 번
째 여행을 묘사할 때는 더 분명하고 때로는 신비
적인 속성을 자주 드러내 보였다.

◇

첫 번째 여행

세잔의 흔적을 좇아 릴케는 프로방스의 남쪽 지방으로 떠났다. 세잔의 고향인 엑상프로방스로 가기 전에 그의 발걸음은 생트마리드라메르로 향하여 "기묘한"[62] 순례여행을 하게 된다. 이곳의 전설에 그는 매료되었다. 전설은 다음과 같다. 팔레스타인 지방에서 출발한 조종간도 없는 배가 무작정 바다를 향해 출발한다. 이 배에는 클레오파스 마리아와 마리아 살로메를 포함한 몇 명의 성인들이 타고 있었다. 마리아 살로메의 충실한 하녀인 집시 사라가 배를 타려고 바다로 뛰어든다. 생트마리드라메르에서 그 배는 해안에 좌초하였고, 작은 로마

[62] Rainer Maria Rilke, Briefe an Karl und Elisabeth von der Hezdt 1905-1922. Hg. Ingeborg Schnack und Renate Scharffenberg. Frankfurt a. M. 1986, S. 162(Paris 12. 6. 1909).

네스크 양식의 요새교회에서 오늘날에도 마리아와 하녀 사라가 추앙된다. 그래서 생트마리드라메르는 집시들에게 특별한 매력이 있는 순례지가 되었다. 릴케가 호의를 가지고 말하는 선왕(善王) 르네Renè는 꿈에서 성녀의 유골이 보존되어 있는 곳, 천사가 성녀들을 생트마리드라메르로 가게 했던 곳을 천사가 고지해주는 꿈을 꾸었다. 거주민과 집시들이 참여하는 화려한 축제행렬이 시작되면 작은 사라의 상이 수많은 촛불로 밝혀진 예배당에서 운반되어 와서, 성녀들이 도착했던 때를 기리며 바닷가로 운반된다. 교회로 되돌아온 후 사라상은 새로운 옷으로 갈아입혀지고 새로이 치장된다.

루 안드레아스 살로메와 지도니에 나트헤르니에게 보내는 편지에서 릴케는 집시풍의, 기독교적인, 그러면서도 동시에 이교도적이고 미신 같은 그 순례 의식의 밤을 역동적인 이미지로 표현하고 있다. 한

생트마리드라메르의 교회

63 Rainer Maria Rilke, Briefe an Sidonie Nàdherný von Borutin, Hg. Bernhard Blume. Frankfurt a. M. 1973, S. 102(Paris, 5. 8. 1909).

편에서는 음악을 연주하는 세계 각지에서 모인 집시 집단들 — 특히 스페인에서 온 집시들은 격렬한 플라멩코를 춘다 — 이 있고, 다른 한편에서는 병들어 핏기가 없는 얼굴의 — 말테를 떠올리게 하는 — 아이들, 성유물에 신체의 일부를 닿게 함으로써 병이 치유되기를 소망하는 아이들이 있다.

릴케는 지도니에 나트헤르니에게 보내는 편지에서 자신이 묘사한 내용에 관하여 "제가 제대로 얘기했는지요?"라고 질문한다.[63] 편지에서 강조되었듯이 릴케는 그가 서술하는 것이 아니라 그녀 앞에 서서 그녀와 말하는 듯한 인상을 일깨우고자 하였다. 여기에서 그가 구어체를 문어체보다 더 선호한다는 점, 다시 말하자면, 그에게는 전달의 자발성이 중요하다는 점이 두드러진다. 동시에 그는 불충분한 어떤 것을 의식하고 있다. 카를 폰 하이트에게 보내는 편지에서 "저는 제가 그러기를 바랐고

또한 그래야만 했던 것처럼 모든 것을 그렇게 주의 깊게 볼 정도로 충분히 능숙하지 못했을 따름입니다."[64] 마찬가지로 회화에서도 릴케는 설명할 수 있는 그림과 세잔의 그림처럼 설명하기가 더 이상 불가능한 그림을 구분하였다. 세잔이 사물을 그리듯이, 릴케는 언어로 사물을 만들 수 있기를 원했고 그 방법을 배우고자 하였다. 그는 엑상프로방스에서 조그만 집의 과일 정원에 있는 세잔의 화실을 방문하였다. 정원에는 잡초가 무성하게 자라 있었고 화실은 눈에 잘 띄지 않았다. 남쪽으로 난 창으로 빛이 실내로 들어왔고, 그의 그림자는 여러 가지의 항아리, 바구니, 요리용 사과—이 모든 것들은 세잔이 항상 반복하여 그렸던 사물들이다—위로 드리워졌다. 세잔은 요아힘 가스케와 대화를 하면서 "과일들, 이것들을 자주 그립니다. 향기에서 생각이 솟아나지요. 과일들은 갖은 향기를 내

[64] 카를 폰 데어 하이트에게 보내는 편지, 1909년 6월 12일, in: Rainer Maria Rilke, Briefe an Karl und Elisabeth von der Hezdt 1905-1922. A.a.O., S. 162.

폴 세잔의 정물화

65 Joachim Gasquet, Gespräche mit Cézanne. Diogenes Taschenbuch 21974. S. 193f.

뿜으며 당신에게 다가와, 떠나왔던 들판에 관하여 이야기해주지요. 그리고 양분을 공급받았던 비에 관해서도, 보았던 아침놀에 관해서도……"라고 말한 바 있다.[65]

릴케는 "그 노인" — 릴케는 삶의 마지막 30년 동안 세잔을 대개 이렇게 불렀다 — 이 매일 작업실로 터벅터벅 걸어가거나, 개처럼 끈기 있게 대상 앞에 앉아 있는 모습을 상상한다. 엑상 지방과 연관하여 릴케는 담으로 둘러싸인 세잔 부모님의 땅, 시내의 집, 특히 세잔이 반복하여 그린 생빅투아르 산 등 거의 세잔과 연관된 것들만 언급하고 있다. 엑상 지방의 동쪽에 있는 생빅투아르 산은 도시 위로 높이 솟아 있어서 어느 쪽에서나 다양한 빛으로 볼 수 있다. 빅투아르라는 이름은 로마가 튜튼 족에게 승리를 거둔 것에서 유래한다. 세잔은 생빅투아르 산을 이 산 모티프의 가장 내면

폴 세잔, 〈주름, 항아리, 과일접시〉

66 요아힘 가스케의 『세잔』(베를린, 1930) 중 <그가 나에게 말했던 것>이란 장 참조.
67 파리에서 파울라 모더존 베커에게 보내는 편지, 1907년 2월 5일, in: GBr II, S. 256.

적인 본질을 파악하려는 욕구에서 항상 다시 새롭게 그렸다. "저 생빅투아르 산을 보시오. 저 세찬 움직임, 태양을 갈구하는 저 고압적인 자세, 저녁 무렵 어둠의 무게가 산을 짓누를 때 풍기는 저 멜랑콜리."[66] 세잔이 "존재하는 것을 색채의 내용에 끌어 담는" 것을 보고 릴케는 놀랐다. 그리고는 저 화가가 색채로 성공한 것을 시인이 언어를 사용하여 이룰 수는 없을지 자문하였다. 생선이 놓인 식탁 그림에 관하여 릴케는 파울라 모더존 베커에게 보낸 초기의 편지에서 "하지만 그것은 이야기되려는 것이 아니라 만들어지려는 것입니다. 내가 언젠가 그것을 만드는 경지에 도달하게 된다면, 당신께선 그것을 읽어주셔야 합니다."[67] 여기에서 릴케는 "만들다"라는 말을 대상의 정확한 재현뿐만 아니라 내면과 외면의 상호삼투라는 의미로 이해하였다. 파울라 모더존 베커를 위한 장례미사에서는

68 릴케, 『여자 친구를 위한 진혼곡』, in: SW I, S. 647.
69 파릴케, 『오르페우스에게 바치는 소네트』, 제1부, x, in: S. 737.

이렇게 말했다. "그것[사물]은 여기에 있지 않습니다. 우리가 그것을 인식하는 순간, 우리는 그것을 우리의 존재 안으로/밖으로 반영하는 것입니다."[68] 릴케가 첫 번째 프로방스 여행에서 세 번째로 방문한 도시인 아를을 본 것의 내면화에 관한 적합한 사례를 제공해주었다. 그는 박물관, 교회, 고대 원형극장에 관해서는 전혀 언급하지 않은 반면, 아를의 고대 공동묘지인 레잘리스캉의 석관은 매우 중요하게 여겼다. 그래서 알리스캉은 『말테의 수기』에서도 언급될 뿐 아니라, 13년 후 〈오르페우스 소네트〉 중의 한 부분을 거기에 헌정하게 된다.[69]

"극락의 들판"이란 의미의 레잘리스캉은 로마인들이 만든, 무덤이 가로수처럼 늘어선 공동묘지를 부르는 명칭이다. 초기 기독교 시대에 성인으로 추앙된 아를 최초의 주교가 그곳에 묻혔다. 성인들

의 무덤 가까이에 무덤 자리를 마련하면 신의 은
총이 확실하게 보장된다고 생각했기 때문에 시체
들이 론 강을 건너 아를로 운반되었으며, 알리스
캉은 선호되는 묘지가 되었다. 무덤이 열려 있는
것은 릴케에게 특히 깊은 인상을 주었다. 말테 소
설의 대미를 장식하고 있는 돌아온 탕자의 우화에
서 그는 말테가 "영혼이 깃들어 있는 알리스캉 공
동묘지의 그늘에서 죽은 사람이 마치 부활한 듯
뚜껑이 열린 무덤들 사이를 날고 있는 잠자리를
그의 시선이 뒤쫓고 있는" 것을 본다.[70] 우리는 여
기에서 본 것이 어떻게 변화하여 내면화되는지를
알 수 있다. 열린 무덤은 부활을 의미하며, 윙윙거
리는 벌과 석관들 사이를 스치고 날아가는 잠자
리는 삶과 죽음의 구분을 알지 못하는 자연을 의
미한다. 프로방스에서 본 것은 릴케의 회상 속에
서 오랫동안 — 뮈조트에서까지 — 숙성되어 〈오르

페우스에게 바치는 소네트〉에서 표현력을 얻을 수
있었다. 그는 뚜껑이 열린 석관을 오랫동안 침묵한
끝에 머뭇거리며 존재하는 모든 것의 연관성에 대
한 비밀을 알리는 "다시 열린 입"에 비유하였다.

  결코 내 느낌을 떠나지 않는 너희,
  고대의 석관들이여, 내 인사하노라,
  로마 시절의 즐거운 물이 너희를
  방랑하는 노래로 관류하는구나.

            〈오르페우스에게 바치는 소네트〉, 1부, X

◇

두 번째 여행

[71]Rainer Maria Rilke/
Lou Andreas-Salomé,
Briefwechsel. Hg. Ernst
Pfeiffer. Frankfurt a.M.
1975, S. 230(Paris, 23. 10.
1909).

4개월 뒤에 시작한 두 번째 여행을 릴케는 루 안드
레아스 살로메에게 보내는 편지에서 "가장 기억에
남을 만한 여행 중의 하나"라고 말한 바 있다.[71] 그
는 여행을 묘사하면서 일어난 일을 해석하려는 경
향, 즉 눈이 인지한 것을 마음의 빛으로 조명하려
는 경향을 보인다. 그 여행은 아비뇽을 중심으로
삼고 사방으로 빛을 발하는 별에 비유될 수 있을
것이다.

릴케는 여행 기간 내내 아비뇽에 있는 '유럽호텔'
에 머물면서 프로방스의 여러 도시와 지방으로 소
풍을 갔다. 그를 17일 동안이나 아비뇽에 잡아둔

것은, 매일 본 "거대한 교황청"이었다. 그는 호기심 [72]Ebd., S. 230.
을 자극하였던 교황청의 그림엽서를 벌써 얼마 전
부터 가지고 있었다. 그는 말테 소설 중에서도 아
비뇽 교황들의 "궁핍한 시대"에 대한 소재에 몰두
하고 있었다. "믿기지 않는 바위 위에" 세워진 궁
전을 면전에서 보고 그는 압도당하였다. 지금까지
예감만 하였던 것이 여기에서 구체적인 형상을 획
득하게 된 것이다. 외적인 힘과 내적인 몰락 사이
의 모순을 그는 "가장자리가 썩기 시작했다고 느
낀 교황들이 스스로를 보존하려고 생각했던, 신비
스럽게 봉인된 성"이라고 묘사하였다.[72]

릴케에게 놀라움을, 그것도 엄청난 놀라움을 불러
일으킨 또 다른 곳은 레 보였다. 이곳에서 그는 프
로방스의 특징이라고 할 수 있는 문화적 연속성과
생생한 현재가 결합되어 있는 상태를 체험하였다.
레 보에서 루 안드레아스 살로메의 조상들이 살았

다는 이야기가 있다. 이곳은 사랑하는 연인의 "최초의 고향"이었던 셈이다. 레 보는 사람들이 접근하기가 상당히 어려운 곳이며, 엄청나게 대조적인 풍광과 역사적 의미 때문에 릴케는 이곳에 매료되었다. 그는 무수한 꽃이 피어 다채로운 색깔을 띠고 있는 생레미드프로방스St.-Rémy-de-Provence의 초지와 암석 지대를 출발하여 곳곳이 균열된 가파른 길을 따라 보의 석회암층 지역으로 갔다. ('보'라는 지명에서 유래된) 보크사이트 때문에 붉은빛으로 채색된 땅과는 대조를 이루는 푸른 숲, 하얀 빛을 발하는 석회암, 지붕 위로 솟은 잿빛의 탑, 간혹 보이는 푸른 빛의 바다 등은 보에 매혹적이며 신비로운 인상을 부여한다. 릴케는 "비스듬하게 나란히 등을 받치고 있는 듯이 서 있는 세 개의 산"에서 "최후의 천사 세 명이 깜짝 놀라서 뛰어내린" 도약대를 보았다. 그는 보로 이어진 험로

를 헤쳐 나가면서 "영혼을 저 위 열린 공간으로 옮기기 위해서는" "날아오르는 수밖에 없다"고 생각하였다.[73] 릴케는 그러한 풍광에서 보의 제후 가문 사람들이 마치 돌로 변한 것처럼 느꼈다.

릴케가 보의 제후를 묘사하는 부분에는 연구와 전설과 신화가 삼투하고 있다. 보 가문은 14세기와 15세기에 그곳을 지배하였다. 릴케는 동방에서 온 (삼성왕 중의 한 명인) 발타자르 왕의 후손이 가문을 세웠으며, 17세기에 나폴리 출신의 기인과 더불어 "타다 남은 양초처럼" 스러졌다고 마치 전해 내려오는 이야기처럼 보고하고 있다.[74] 나폴리의 산타 키아라에 매장된 마지막 후작 델 발조의 묘비에 새겨진 비문은 "방패에 있는 열여섯 개의 빛줄기"에 맞서 싸우는…… "신성한 숫자 '7'의 투쟁"이라는 보 가문의 "행복"에 관해서 릴케가 상당한 지식이 있음을 보여주는 증거가 된다. "결국 신성

[73]Ebd.
[74]Ebd., S. 231.

레 보의 옛 신교 교회 창문

한 숫자 7은 패배하고 말았다".[75]

"여신이나 요정과도 같은" "이 가문의 여식들", "여성들의 아름다움", "매우 용감한 제후 가문" 등을 릴케가 열광적으로 묘사하고 있는 부분에서[76] 우리는 역사적으로 전승된 것이 여기서 어떻게 허구로 변하는지를 간과해서는 안 될 것이다. "보의 제후들"의 현실이 음유시인들이 상상력을 포기할 만큼이나 환상적이라고 릴케가 묘사한 부분에는 어떤 반어가 포함되어 있다.[77] 제후의 궁정에서 귀부인을 향한 실현 불가능한 사랑을 노래하는 것이 음유시인의 실재적인 과제였다면, 릴케는 그러한 허구를 현실로 간주하였다. 이때 현실에 대한 릴케 특유의 묘사가 허구로 변하는 것이다. 릴케는 조상과 가족사에 언제나 특별한 관심을 표명하고 있다. 그럴 것이 릴케가 살았던 당대는 "이미지도 없이" 그를 경악하게 만들었기 때문이다. 아마

[75]Rainer Maria Rilke, Briefe aus Muzot 1921 bis 1926. Hg. Ruth Sieber-Rilke und Carl Sieber. Leipzig 1935, S. 329.

[76]뮈조트에서 비톨트 홀레비츠에게 보내는 편지, 1925년 11월 10일, in: GBr V, S. 366f.

[77]루 안드레아스 살로메에게 보내는 편지, 1909년 10월 23일, a.a.O., S. 231.

[78] 비톨트 홀레비츠에게 보내는 편지, a.a.O., S. 367.

[79] Rainer Maria Rilke, Die Briefe aus Muzot 1921 bis 1926, a.a.O., S. 328.

도 우리는 〈두이노의 비가〉 중 열 번째 비가에 등장하는 한탄의 "위대한 가문"에서도 "견고한 은회색빛의 풍광 속에서" 돌로 변한 "보 제후" 가문을 숭배하는 릴케의 메아리를 발견할 수 있을 것이다.[78]

레 보는 양 떼가 풀을 뜯고 있고 백리향이 향기를 뿜어내고 있는 드넓은 목동의 지역으로 둘러싸여 있다. 목동이 양 떼를 데리고 "구름처럼 온유하게 그리고 시간을 초월하여, 위대한 몰락의 여파로 아직까지도 흥분이 가시지 않은 그 땅을 지나가고 있다"고 릴케는 묘사하였다.[79] 이러한 프로방스의 이미지는 『말테의 수기』에 등장하는 돌아온 탕자의 우화에서 목동의 의미를 상기시켜준다. 자신을 점유하여 고뇌를 가져다준 사랑으로부터 도피하려는 탕자는 목동과 어울리게 된다. 목동의 침묵하는 익명성이 탕자에게는 존재의 가장

순수한 형태로 간주되는 것이다. 릴케는 "나는 그 사람[목동]보다 더 많은 것을 본다. 나는 그의 존재를 본다"고 묘사하였다.[80] 후일 하이데거가 인간은 "존재의 목동"[81]이 되어야 한다고 했듯이, 릴케에게 목동은 존재의 수호자였다. 릴케의 문학에서 목동 이미지는 언제나 되풀이하여 등장한다. 이미 『기도시집』에서 릴케는 평화로운 지역의 미래상을 "목동의 민족과 농경민족"이라고 생각한 적이 있다.[82] 『신시집』에서는 목동이라는 존재가 어린 시절의 고독과 순수를 반영하고 있다. "[우리는] 목동처럼 고독해졌고 / 엄청나게 아득한 과거로 중첩되어 있다".[83] 『스페인 삼부작』에서는 목동이 서 있다가 거닐다가 하는 모습을 "신이 은밀하게 목동의 형상으로 […]" 변한 것인 양 묘사하고 있다.[84] 릴케 소설의 주인공인 말테는 "돌아온 탕자"를 목동으로, 밤을 같이 보내거나 또는 회복기

[80] 릴케, 『말테의 수기』, in: SW VI, S. 943.

[81] Martin Heidegger, Über den Humanismus. Frankfurt a.M.: Klostermann, 1949, S. 75.

[82] SW I, S. 329.

[83] SW I, S. 511.

[84] SW II, S. 46f.

에 있는 친구나 동반자로 보고 있다. "아마도 그는 오랫동안 보에서 목동 생활을 했었으리라……. 또는 그가 오랑주에 있는 소박한 개선문에 기대어 서 있는 모습을 생각해볼 수도 있지 않을까?"[85] 릴케가 간 길은 이 거대한 개선문을 지나서 오랑주의 고대원형극장으로 이어진다. 이 극장은 릴케에게 좀처럼 측량하기 어렵다는 의미로 다가온다. 이미 약 십여 년 전 프로방스로 여행을 떠나기 전에 그는 고대 연극의 위대함과 현대 연극의 불충분함 사이의 엄청난 간극을 의식하게 한 니체의 『비극의 탄생』에 몰입하였다. 릴케의 말테가 (이것은 틀림없이 릴케의 체험에 근거한 것이리라) 오랑주의 극장을 보고 "나는 행복스런 경악으로 어쩔 줄 몰랐다"고 말한다. 여기에서 고대비극이 어떻게 발생하였는지, 그리고 이것이 인간과 신과 운명 사이의 결합을 어떻게 가능하게 만드는지가 가시화된다.

목동

86 SW VI, S. 922.
87 SW VI, S. 922.

입을 벌린 조개에 비유했던, 비스듬히 경사진 원형 관객석에서 막이 오르기 전에 감돌고 있는 긴장을 그는 상상하였다. 그는 거대한 무대의 벽 앞에서 공연되고 있는 "고대풍의 가면 뒤에서 세계가 얼굴로 응축되는" 인간적인 연극을 보았다.[86]

아티카비극(역주: 고대 아테네의 연극 형태. 디오니소스 축제에서 비롯된 연극의 원형식에서 발전하였다. 대표자로는 아이스퀼로스, 소포클레스, 유리피데스 등이 있다)이 인간 고통의 진실을 반영하고 있다면, 현대극은 일상의 "설익은 현실"과 개인의 분산만을 보여줄 수 있을 뿐이었다. 말테는 다음과 같이 한탄한다. "우리에게 신이 없는 것과 마찬가지로, 우리에겐 연극도 없어. 이것이 공통점이야."[87] 하지만 릴케가 목동의 고독함을 찬미한 것과 현대 연극에 결여된 공통점에 대한 그의 한탄 사이에서 모순을 발견한다면, 우리는 아마도 릴케를 오해하

게 될지도 모른다. 릴케가 중요시한 것은 사회의 인습에서 벗어나서, 인간존재의 총체성과의 결합을 가능하게 하는 고독이었다.

우리는 지금까지 릴케에게 가시화된, 그리고 그가 오랫동안 관심을 가졌던 프로방스의 풍광과 건축물을 살펴보았다. 이제부터는 그가 여행하는 동안 우연히 발견한 것들에 관하여 살펴보도록 하겠다. 마리 폰 투른 운트 탁시스 부인이 아비뇽으로 짧은 여행을 하려고 했을 때, 릴케는 그녀에게 꼭 보아야 할 것을 조언하는 장문의 편지를 썼다.[88] 이 편지는 릴케 자신이 무엇을 보았는지를 보여주는 것이며, 자신이 여행한 경로를 추천하는 것이다. 거리 이름은 그에게 중요하지 않았다. 그는 사소한 것에 얽매이고 싶지 않았다. "그래서 전체이고자, 그래서 완전하고자, 생동적이고자" 하였다.[89] 그러나 예외는 있는 법이다. 릴케가 말했듯이 "가장 중

[88] Rainer Maria Rilke und Marie von Thurn und Taxis, Briefwechsel. Besorgt durch Ernst Zinn. Zürich und Wiesbaden 1951. Bd. I, S. 366.

[89] 마리 폰 투른 운트 탁시스에게 보내는 편지, 1914년 3월 12일, ebd.

[90] 마리 폰 투른 운트 탁시스에 게 보내는 편지, 1914년 3월 12일, ebd., S. 367.

[91] 마리 폰 투른 운트 탁시스 에게 보내는 편지, ebd., S. 367f.

요한" 예외는 "탕뛰리에 거리"였다. "물과 길"이 두 갈래로 나뉜 정말 독특한 이 거리는 릴케에게 "이 중의 휘장"처럼 보였다.

수로 쪽에서는 아직도 "개울의 냉기를 찬찬히 끌 어올리는" 옛날의 물레방아를 볼 수 있다. 릴케는 물레방아의 묵직한 움직임을 "마치 동물 같은 일 어섬"이라고 회상하고 있다.[90] 길 쪽에는 플라타너 스 가로수가 늘어서 있으며 여름날 플라타너스의 "내비치는 그림자"는 — 릴케가 묘사하였듯이 — 이 거리에 특별한 매력을 더하고 있음에 틀림없다.[91] 계속되는 길은 물이 흘러가는 쪽으로 세워진 현수 교Pont suspendu를 거쳐 론 강의 맞은편인 빌뇌브레 자비농으로 이어진다. 거기에서 아비뇽을 본 광경 을 릴케는 기이하게도 "위대한 노브고로드"(벨리 키 노브고로드, 노브고로드의 옛 명칭)[역주: 러시아어 로 Velikij는 위대한 사람, Novgorod는 새로운 도시라

아비뇽, 페롤르리 거리

92 루 안드레아스 살로메에게
보내는 편지, 1909년 10월
23일, a.a.O., S. 230.

는 의미. 모스크바와 상트페테르부르크를 잇는 연방도
로상에 있는, 러시아의 북서쪽에 위치한 도시]를 회상
하였다.[92] 빌뇌브의 왼쪽에는 아름다운 필립 탑이
있으며, 오른쪽에는 언덕에 자리한 생앙드레 요새
가 있다.

"아비뇽의 다리 위에서sur le pont d'Avignon"라는 동요
로 널리 알려진 생베네제 다리는 아비뇽의 상징물
이다. 전설에 따르면 다리를 세운 사람은 베네딕트
라는 이름의 목동이었다. 그는 외따로 떨어진 신
의 초원에서 물길을 건널 수 있는 다리를 만들라는
사명을 받았다고 한다. 이 다리는 여러 번 파괴되었
다. 원래 스물두 개였던 다리의 아치는 1669년 부
분적으로 파괴된 다음에는 네 개밖에 남지 않았
다. 강 상류 쪽으로 조금 튀어나온 부분은 론 강
을 두 개로 나누며, 양 팔에 담긴 물은 바르틀라
스 섬을 씻어내고 있다. 릴케는 탁시스 후작부인에

생베네제 다리

게 보내는 편지에서 이곳에 잠시 들러보라고 추천
하였다. 나아가 릴케는 아비뇽에서 종탑에 프레스
코화가 있는 시청을 빼놓지 말라고 조언하였다. 가
능하다면 탑의 전망대에 올라가서 "한 쌍의 유쾌
한 종지기"를 볼 것을 추천하였다. 그는 계속 타라
스콩과 보케르를 여행의 노정에 포함시키도록 그
녀에게 권하였다. 두 도시는 조금 더 남쪽, 알퓌유
산의 서쪽 줄기 근처에 위치하며, 론 강을 사이에
두고 마주 보고 있다. 릴케는 이 도시들의 요새 같
은 모습에 특별히 매력을 느꼈던 것 같다. 아마 타
라스콩 근처에 있는 생마르타 교회에 얽힌 전설도
그의 마음을 사로잡은 원인이 되었을지도 모른다.
성녀인 마리아들과 함께 프로방스에 온 마르타는
험악한 괴물 "타라스크"를 제압하려고 타라스콩으
로 갔다. 그런 다음에 이 괴물은 론 강의 상징으
로 해석되었으며, 론 강의 홍수는 거주민을 위협

하는 타라스크로 묘사되었다.

론 강은 릴케의 편지에서 가장 자주 언급되는 강이며, 그는 이 강을 "피를 나눈 혈족"처럼 유럽에서 가장 애호하는 풍경인 프로방스와 발리스(역주: 론 강이 흐르는 스위스 남서부 주)와 연결 짓고 있다. "론 강의 강변만 보아도 놀랍게도 나는 친밀감을 느낍니다. 이 물줄기는 다른 강보다도 더 많은 힘을 가진 듯하고, 이 강에서 생기를 부여받은 지역을 자신의 것으로 만드는 듯합니다."[93] 론 강의 사랑스러움과 파괴적인 힘은 릴케를 항상 사로잡았던 대립명제 중의 하나이다.

여행지로 추천한 장소 가운데 가장 역동적인 곳은 카르팡트라스에서 바라본 방투 산을 묘사한 부분이다. 그는 "노인병원"(디외Dieu병원, 오늘날은 큰 병원)을 "노인들은 매우 작아졌지만 그들을 에워싸고 있는 건물은 점점 더 커진다"고 언급하였다.[94]

[93] 제네바에서 한스 폰 데어 뮐에게 보내는 편지, 1920년 10월 12일, in: GBr IV, S. 321.

[94] 마리 폰 투른 운트 탁시스에게 보내는 편지, 1914년 3월 12일, a.a.O., S. 368.

95 SW VI, S. 921.

96 마리 폰 투른 운트 탁시스에게 보내는 편지, 1914년 3월 12일, a.a.O., S. 368.

97 릴케는 1992년 1월 18일 자의 이테 리벤탈에게 보내는 편지에서도 카르팡트라의 "오래된 멋진 약국"을 회상하고 있다. Rilke-Chronik, S. 775f.에서 재인용.

비슷한 이미지가 또 떠오른다. 릴케의 말테는 오랑주의 거대한 고대원형극장의 계단을 오르면서 "나는 경사진 좌석 사이에서 내가 이 주변에 둘러싸여 점점 줄어드는 느낌을 갖는다"고 말하였다.[95] (카르팡트라스의) 오래된 아름다운 유대교회당[96]과 몽펠리에 산의 이태리풍 도자기faïence로 장식된 오래된 약국 건물에 커다란 감명을 받았다. 심지어 그는 이 건물을 살까 하는 생각까지도 했었다.[97]

카르팡트라에서 체험한 것 중 가장 잊을 수 없는 것은 릴케가 병원의 발코니에서 바라본 방투산이었다. 방투(바람구멍이란 의미) 산은 라틴어 'ventosus'에서 유래된 이름으로서 프로방스에서 가장 인상적인 산이며 해발 1,909미터로 가장 높은 산이다. 풍광의 풍부한 대립적인 요소는 실로 독특하다. 산의 발치에는 올리브 나무들과 백리향의 향이 피어오르고 있으며, 위쪽으로는 연두색의

초원과 짙은 초록의 숲이 펼쳐지고 있고, 마지막으로 숲이 끝나는 곳에는 잿빛의 암석 사막이 산 중심부의 눈처럼 하얗게 빛나는 석회암으로 된 정상까지 이어지고 있다. 릴케는 말로센느에 접근하여 방투 산을 항상 새로운 빛 속에서 보았다. 그는 험난하고 가파른 산을 직접 올라갈 엄두는 감히 내지 못하였으리라. 하지만 그가 그러한 상상을 얼마나 많이 하였는지를 우리는 페트라르카가 이 산을 오른 것에 관해 그가 보여준 대단한 관심에서 유추할 수 있다. 프란체스코 페트라르카는 프란체스코 니오니기 디 보르고 산 세폴크로에게 보내는 편지에서 처음으로 이 산의 정상에 오른 것에 관하여 기술하고 있다. 그의 묘사가 매우 생동감 있으므로 그 편지의 한 대목을 이 자리에서 인용해보기로 하자.

"벤토수스, 즉 바람이 많은 산이라는 걸맞은 이

름을 가진 이 지방에서 가장 높은 산을 나는 오늘 낮에 올랐네. 산을 오르면서 이 산의 독특한 꼭대기를 내 눈으로 직접 보고자 하는 욕망이 솟구쳤지. 여러 해 동안 이러한 시도를 해보아야겠다는 생각이 머릿속을 맴돌고 있었다네. 하지만 자네도 알다시피 나는 어린 시절부터 이 지방에서 생활하였네. 마치 운명이 인간사를 짜맞추듯이 말일세. 사방에서 멀리에서도 보이는 이 산은 언제나 내 눈 앞에 버티고 있었지.

이제야 나는 매일 행동으로 옮기고자 했던 일을 마침내 한번 실행하기로 마음을 굳혔다네. 〔…〕 날을 잡고 우리는 (페트라르카와 동생) 집을 떠나 저녁 무렵에야 말로센느에 도착했네. 말로센느는 산의 발치 부근에서 북쪽을 향해 자리하고 있는 도시라네. 우리는 거기에서 하룻밤을 묵고 마침내 오늘 각자 하인을 한 명씩 데리고 산을

오른 것이라네. 상당히 힘이 들었네. 다시 말하자면 이 산은 깎아 세운 듯한 경사를 이루고 있어서 좀처럼 오르기가 쉽지 않은 거대한 바윗덩어리였네. 어느 시인이 "과감한 노력은 무엇이든 가능하게 하고"라고 한 말은 너무 쉽게 한 말이라고 생각했네.

모든 봉우리 가운데 가장 높은 정상이 저기에 있네. 숲에서 사는 사람들은 정상을 '꼬맹이 아들'이라고 불렀지만 왜 그런 이름이 붙었는지는 모르겠네. 추측컨대, 많은 것들이 그러하듯 대립의 원칙에 따라 그렇게 부른 것이 아닌가 생각하네. 실제로 정상은 모든 주변 봉우리들의 아버지 격이니 말일세. 정상의 정수리 부분에는 작은 고원이 있네. 지친 몸을 이끌고 우리는 마침내 그곳으로 가서 휴식을 취하였네.

몸은 피곤하였지만, 나는 오른쪽으로는 리옹 지

방의 산맥들을, 왼쪽으로는 심지어 에그모르트를 향해 파도가 포효하고 있는 마르세유 만까지도 똑똑히 볼 수 있었네. 하지만 이 모든 곳은 여행을 하려면 며칠이 걸릴 만큼 떨어져 있다네. 론 강이 바로 눈앞에 펼쳐져 있다네. 나는 눈을 크게 뜨고 이것들을 하나씩 감탄하며 바라보았으며, 이제는 지상의 것들을 즐겼고, 그런 다음 육체를 본보기로 삼아 정신도 고양시켰다네. 그것은 마치 아우구스티누스의 『고백록』이란 책을 들여다보는 것 같아 좋았다네. 〔…〕

손바닥만 하지만 무한한 달콤함이 가득한 가장 작은 판형의 이 책을 읽기 위하여 펼치네. 어떤 내용이 나에게 다가올 것인가. 〔…〕 우연히 이 책의 제10장이 눈앞에 펼쳐졌다네. 〔…〕: '사람들은 산봉우리, 바다의 무시무시한 파도, 아득히 흘러가는 강물, 대양의 물거품 그리고 천체

의 궤도 등을 경이로운 시선으로 바라보기 위하여 가면서도 정작 자기 자신에 대해서는 주의를 기울이지 않는다.'

나는 온몸이 굳어지는 듯하였네. […] 이 구절이 우연히 그렇게 연결될 수 있다니. […] 도저히 믿을 수가 없었다네. 혼란스러운 가슴을 안고 한밤중에 돌길에서 아무것도 느끼지도 못한 채 숙소인 농가로 되돌아왔다네. […]"[98]

[98] An Francesco Dionigi von Borgo San Sepolcro in Paris, in: Petrarca, Dichtungen, Briefe, Schriften. Hg. Hanns W. Eppelsheimer. Frankfurt a. M. 1980.

페트라르카의 이 편지가 릴케에게 얼마나 중요했는지는 그가 아비뇽에서 페트라르카 편지의 프랑스어판을 샀던 사실에서뿐 아니라, 출판사와 친구들에게 보내는 편지에서 페트라르카를 재삼재사 언급하였으며, 심지어 페트라르카의 소네트 두 편(〈나이가 들어서야 가장 만개하는 시초에…〉와 〈아름

[99] Rainer Maria Rilke, Übertragungen. Hg. Ernst Zinn und Karin Wais. Frankfurt a. M. 1975, S. 294f. 참조.

[100] 안톤 키펜베르크에게 보내는 편지, 1911년 6월 28일, in: Rainer Maria Rilke, Briefwechsel mit Anton Kippenberg 1906 bis 1926. Hg. Ingeborg Schnack und Renate Schaffenberg. Frankfurt a.M. und Leipzig 1995, Bd. I, S. 261.

다운 불꽃 이상으로 숭고한 불꽃이여, 아름답구나…〉〉을 손수 번역한 사실에서도 우리는 잘 알 수 있다.[99] 페트라르카라는 이름은 릴케에게 아우구스티누스와 밀접하게 연관되어 있다. 1911년 파리에서 늦은 저녁 무렵 그는 "성 아우구스티누스의 영광스러운 고백"을 읽었다.[100] 페트라르카가 방투 산을 오를 때 읽었던 『고백록』의 그 구절을 읽고 계시를 체험한 것과 다시금 릴케가 페트라르카의 편지를 읽을 때 계시를 받은 것은 놀라운 해후이다. 산의 정상에 도착해서 페트라르카는 육체가 정상을 오른 것처럼 영혼도 그러한 상승을 체험할 수 있기를, 외적인 등산이 내면화되기를 간절히 바랐던 것이다. 이러한 생각을 하면서 아우구스티누스의 『고백록』을 집어 들었을 때, 그는 인간에 관해 말한 그 부분 — "사람들은 산봉우리, 바다의 파도 그리고 천체의 궤도 등을 경이로운 시선으로 바라

보기 위하여 가면서도 정작 자기 자신에 대해서는 주의를 기울이지 않는다" — 과 맞닥뜨렸다.

바로 이 구절을 릴케도 언급하였다. 릴리 샬크에게 보내는 편지에서, 그가 알제리, 튀니스, 이집트에서 "가장 위대한 외계의 사물"에 지나칠 정도로 많은 관심을 보였을 때, 성스러운 아우구스티누스의 작품이 곁에 있기를 바랐다고 말했다. 그래서 "페트라르카가 방투 산의 정상에서, 호기심으로 손에 익은 작은 책을 펼쳤을 때 만났던 바로 그 구절을 펼치고 싶었습니다. 그가 발견한 것은 바로 산과 바다 그리고 자기 자신으로부터 멀어지는 것에 대한 비난이었지요."[101] 장 스트롤에게 프랑스어로 보내는 편지도[102] 페트라르카의 편지가 릴케에게 중요한 의미를 지녔음을 증명해준다. 직접 번역하려고 시도했던 그 편지를 잃어버린 다음, 릴케는 그에게 라틴어 텍스트와 프랑스어 번역본을 보내달

[101] 파리에서 빈에 있던 릴리 샬크에게 보내는 편지, 1911년 5월 14일, in: GBr III, S. 133.

[102] 뮈조트에서 장 스트롤에게 보내는 편지, 1922년 1월 6일, Rilke-Chronik, S. 774 에서 발췌.

[103] Rilke-Chronik 774쪽 참조: "스트롤이 그(=릴케)에게 라틴어 텍스트와 프랑스어 번역본, 그리고 라틴어-독일어 사전 등을 보내주길 바람".

[104] 『젊은 시인에게』(1914), in: SW VI, S. 1032.

라고 부탁하였다. 그는 번역 작업에 있어서 그 편지가 빠져서는 안 된다고 생각하였기 때문이다.[103] 그는 페트라르카의 시도를 "대담함audacieuse", 즉 당시의 흔하지 않은 대담한 행위로 간주하였다. 사건을 상세하게 묘사하는 대신 페트라르카는 새로운 "내면의 새로운 지평un nouvel horizon interieur"을 발견한 것이다.

릴케는 같은 제목의 글에서 "젊은 시인"에게 "페트라르카처럼 산정의 수많은 조망을 앞에 두고 영혼의 골짜기로 도피"하여야 한다고, "그가 결코 영혼을 곧장 탐구할 수 없을지도 모르겠지만, 그러나 가까스로 체험할 수 있는 미지보다는 형언할 수 없을 정도로 더 가까이 갈 수 있다"고 조언하였다.[104]

이러한 고찰에서 우리는 보는 법 배우기가 외면적 보기와 내면적 보기가 서로 삼투할 정도로 심화

되었음을 알 수 있다. 아우구스티누스나 페트라르카의 경우 내면화에 대한 기독교적 해석이 릴케와 분명 다르긴 하지만, 이들이 추구하는 종교적 열정은 같다. 예술가로서 릴케는 본 것의 정수를 눈으로 파악하려고 탐색하였다. 그는 세잔의 그림을 관찰하면서, 그림의 다양한 색채 속에 자연이 반영되어 있음을 인식하였다. 그는 클라라에게 보낸 1907년 10월 22일 자의 편지에서 자연에 있는 반영의 존재가 항상 그를 매우 놀라게 했다고 말하였다. 이를테면 "수련의 꽃턱잎의 거친 초록을 지속적으로 농담 채색한 것에는 저녁놀에 물든 물"의 색채가 반영되어 있다는 것이다.[105] 프로방스의 풍경처럼 불가사의한 신비로움 속에서 그렇게 풍부한 반영을 지니고 있는 경우는 거의 없다. 프로방스 지방에서 물의 꿈들, 바위 형태의 기이한 변형들, 붉은 대지의 어둠 등은 동화의 세계인 듯하

[105] 파리에서 클라라 릴케에게, 1909년 10월 22일, in: GBr II, S. 448.

다. 동시에 투명하게 내비치는 어둠을 변화가 많은 빛이 두루 비춘다. 변화는 자연 속에서의 반영을 규정한다. 호수에 반영된 나무나 바다에 반영된 구름은 바람의 움직임에 그리고 조수간만의 변화에 종속되어 있다. 자연의 삶은 시간이 지속적으로 변화하는 가운데 완성된다. 그림의 본질은 움직임과 고요를 동시에 포함하는 것이며, 초시간적인 머무름 속에 시간을 포함하는 것이다.

연못 속에 반영된 모습이
종종 우리에게 희미해질지라도:
알아야 하느니, 그 원래의 형상을.

〈오르페우스에게 바치는 소네트〉, 1부, 9

원래의 형상을 안다는 것은 본 것을 내면화하고
형태를 부여함으로써 영속성을 준다는 의미이다.
색채에 있어서 세잔의 대조 기법과 대조의 극복을
릴케는 언어예술적으로 바꾸어놓았다. 그래서 〈오
르페우스에게 바치는 소네트〉의 마지막 구절에서
릴케는 다음과 같이 말하고 있는 것이다.

그리고 지상의 것이 너를 잊었다면,

고요한 대지에게 말하라: 나는 흐르노라고.

빠른 물살에게 말하라: 나는 존재하노라고.

〈오르페우스에게 바치는 소네트〉, 2부, 29

◇

세 번째 여행

106 지도니에 나트헤르니에게
보내는 편지, 1911년 8월 30
일, in: Rainer Maria Rilke,
Briefe an Sidonie Nádherný
von Borutin. A.a.O., S.
133.

"이런 식의 여행은 정말 멋진 것이었습니다. 자연
적으로 생긴 길을 따라 이곳저곳으로 올라가는 일
을 엄청나게 즐겼습니다. 풍경을 이해하게 된 것이
지요……. 하나가 다른 것에서 생겨나고 그것은
힘들이지 않고 전체로 파악이 됩니다. 사는 것과
영향력을 끼치는 것이 결코 포기되지 않지요. 하
지만 철도여행에서는 항상 단순하게 기다리는 중
립적인 시간만이 생겨날 뿐이지요."106

1911년 10월 릴케가 자동차로 했던 마지막 프로방
스 여행 — 여행 도중 아비뇽에서 하루만 쉬었을
뿐이었다 — 에 관해 언급하자면, 이전의 여행을

보충하는 다음과 같은 이미지가 생겨난다.

릴케는 프로방스, 즉 아비뇽과 교황청 주변의 길들과 재회를 하였으며, 키펜베르크에게 보내는 편지에서 밝힌 바와 같이 예전에 경험했던 것들이 꿈처럼 상승하는 듯 느꼈다. "내일은 휴식을 취하는 날입니다. 날이 밝으면 아비뇽을 둘러볼 수 있어서 벌써 기대가 됩니다. 오늘 저녁엔 다음과 같은 꿈만 꿀 것입니다: 저는 교황청 뒤편을 돌아오고, 제가 잘 알고 있는 것처럼 교황청은 별들을 마주 보며 솟아올라서, 사람들이 별들을 내몬다고 말할 정도로 하늘 깊숙이 들어갑니다. 제가 보지는 못하겠지만, 그것은 사물들이 우리의 심장을 꺼내 먹고 오래도록 사는 꿈속의 본질과도 같습니다."[107] 릴케가 이러한 '오래도록 사는 사물'이라는 열린 이미지를 동시에 두이노를 향해 계속되는 여행으로 간주한 점은 주목할 만한 부분이다. 그럴

[107] 아비뇽에서 안톤 키펜베르크에게 보내는 편지, 1911년 10월 14일, in: Rainer Maria Rilke, Briefwechsel mit Anton Kippenberg 1906 bis 1926. A.a.O., Bd. I, S. 291.

[108] Rainer Maria Rilke, Werke, Kommentierte Ausgabe in vier Bänden. Hg. Manfred Engel, Ulrich Fülleborn, Horst Nalewski und August Stahl. Band 2: Gedichte 1910 bis 1926. Frankfurt a.M. und Leipzig 1996, S. 17.

것이 1911년 늦가을 날 아비뇽에 도착한 다음 그는 마지막으로 본 아비뇽의 인상을 시 〈나 자신을 너무 열려 있다고 생각했으며〉의 첫 부분에 다음과 같이 요약하였기 때문이다.

나 자신을 너무 열려 있다고 생각했으며, 밖에는
사물뿐만 아니라 내면에서 익숙한 동물들로
가득 차 있음을 잊고 있었다. 그들의 눈은
액자에 넣은 그림과는 달리 원숙한 삶의 밖으로
내밀지 않는다……[108]

릴케는 "너무 열려 있는" 상태를 형상을 통하여 시 속으로 되돌려놓고 있다. 그러한 의도는 꿈속에서 보았던, 언제나 열려 있는 아비뇽의 하늘의 자리에 액자에 넣은 그림이라는 은유로 나타난다. 릴케가 아비뇽과 재회한 것은 동시에 친숙한 것으로

의 귀환이었다. 릴케는 키펜베르크에게 보내는 편지에서 "여기에서 저는 집에 있는 것처럼 편안함을 느낍니다"라고 말하였다.[109] 물론 친숙한 것에 대한 비판도 작품으로 전환되어 있긴 하지만 말이다.

릴케의 예술 이해와 그의 종교적 감정의 해명이나 시학적 형상화에 있어서도 아비뇽은 특별한 의미를 지닌다. 아비뇽을 마지막으로 들른 후 11년이 지난 다음에야 쓴 (뮈조트, 1992년 2월) 허구적인 편지인 『젊은 노동자의 편지』[110]에서 릴케는 친구와 아비뇽에서 머물면서 다음과 같은 말을 하였다. "아비뇽에서 지낸 며칠은 저에게 잊히지 않습니다." 그는 "멋진 도시와 호감이라는 말로는 부족한 경치를 관찰한 것"을 특별한 은총이라고 느꼈다.

젊은 노동자 — 우리는 이 인물을 작가와 동일시할 수 있다 — 는 아비뇽에서 "자유로운 존재의 상태, 열린 것들로 둘러싸인 존재", 자연과 우주의 신비

[109] 아비뇽에서 안톤 키펜베르크에게 보내는 편지, 1911년 10월 14일, a.a.O., S. 290.

[110] 『젊은 노동자의 편지』 (1922), in: Werke, Kommentierte Ausgabe in vier Bänden. Hg. Manfred Engel, Ulrich Fülleborn, Horst Nalewski und August Stahl. Band 4: Schriften. Frankfurt a.M. und Leipzig 1996, S. 735-747.

로운 합일을 체험한다. "아주 가볍고, 아주 진실한 신의 말씀을 들은 체험도" 아비뇽에 머문 시기에 하였노라고 그는 썼다.

교황청이 "암석 바닥"에 벽을 둘러친 헤라클레스 상 위로 솟아올라 있다고 묘사하였듯이, 릴케에게 교황청은 자연의 계시에 근거하고 있는 종교적 감정이 변화하면서 이루는 연속성의 상징이었다.

릴케가 아비뇽에 처음 머물렀을 때는 아비뇽의 교황들에 대한 비판에 무게중심이 놓였었다면, 여기 나중의 회상에서는 인간의 작품에서 신적인 힘을 감지하는 데 중점이 놓여 있다.

죽기 일 년 전에 그동안 심화된 기억에 새로운 표현을 부여하려고 프로방스로 다시 가려는 희망을 품었을 정도로 프로방스에 대한 인상은 릴케에게 중요하였다. "뮈조트에서 비가 연작이 완성되었듯이, 프로방스는 1909년 이래 품고 있던, 숙성되어

아마도 곧 새로운 연관 속에서 펼쳐지게 될 말과
이미지를 감추고 있었는지도 모른다."[111]

이리나 프로벤

[111]Maurice Betz, Rilke in Frankreich. Erinnerungen. Briefe. Dokumente. Aus dem Französischen übersetzt von Willi Reich. Wien, Leipzig und Zürich: Herbert Reichner Verlag, 1938, S. 20.

릴케의 프로방스 여행과
'보는 법'에 대한 성찰

이 책은 릴케가 프로방스 지방을 여행하면서 느낀 점을 표현한 편지글이나 이 여행 덕분에 얻은 영감을 토대로 창작한 작품의 일부를 이리나 프로벤Irina Frowen이 엮은 것이다. 릴케의 토막글이나 그가 언급한 대상에 대해 독자들이 전후 맥락을 쉬이 파악할 수 없기 때문에 내용을 이해하기 용이하지 않은 부분들이 더러 있다. 그러나 엮은이의 상세한 발문(跋文)과 콘스탄틴 바이어Constantin Beyer가 곁들인 사진들은 그러한 부분들을 이해하는 데 많은 도움을 준다. 그래서 구태여 번역의 후기가 필요할까도 생각했지만 출판사의 의견을 수용하여 프로방스 여행이 릴케의 글쓰기에 어떤 중요성을 가지는지를 '보는 법'에 대한 성찰과 연관하여 덧붙이기로 한다.

1. 여행과 조형예술

르네 마리아 릴케Rene Karl Wilhelm Johann Josef Maria Rilke
는 당시 오스트리아-헝가리 제국에 속했던 프라
하에서 1875년 12월 4일 태어났고 1926년 12월 29
일 스위스의 발몽 요양원에서 백혈병으로 숨을 거
두었다. 그는 20대 초반부터 의도적이든 강연이나
낭독을 위해서든 독일은 말할 필요도 없고, 이탈
리아, 프랑스, 러시아, 덴마크, 오스트리아, 폴란드,
스웨덴, 벨기에, 알제리, 튀니지, 이집트, 보헤미아,
스페인, 스위스 등으로 수많은 여행을 하였다. 그
는 여행을 통해 루 안드레아스 살로메, 슈테판 게
오르게, 게르하르트 하우프트만, 아르투어 슈니츨
러, 후고 폰 호프만스탈, 레오니드 파스테르냐크,

파울라 모더존 베커, 클라라 베스트호프, 오귀스트 로댕, 앙드레 지드, 한스 카로사, 슈테판 츠바이크, 에른스트 톨러, 폴 발레리, 지그문트 프로이트 등 당대의 다양한 예술가, 학자들과 교류하였다.

여행과 다른 장르의 예술, 특히 조형예술은 릴케의 시작(詩作)에 많은 영감과 동기를 불어넣었다. 예를 들자면 초기 창작기(1897~1902)를 대표하는 시집으로서 1899년부터 1903년 사이에 창작된 시를 모은 『기도시집Das Stunden-Buch』(1905)과 『형상시집 Buch der Bilder』(1902) 초판본에는 두 번의 러시아 여행과 보르프스베데 예술가촌에서의 경험 그리고 최초의 파리 여행 체험의 인상을 수용하여 이것을 열광적인 내면성과 낭만주의적인 영혼의 이미지로 표현하였다.

중기(1902~1910)를 대표하는 작품으로는 1902년 발간된 초판본에 37편을 추가하여 내용상으로나

형식상으로 완전히 개정해서 출간한 『형상시집』(1906), 『신시집Neue Gedichte』(1907), 『신시집 별권Der Neuen Gedichte anderer Teil』(1908) 그리고 새로운 형식의 소설『말테의 수기Die Aufzeichnungen des Malte Laurids Brigge』(1910) 등이 있다. 이러한 문학적 결정체가 탄생하는 데에는 로댕과의 만남과 프로방스 여행이 커다란 기여를 하였다. 릴케는 1907년에 출간한 시집에 '신(새로운neu)'이라는 수식어를 붙이고 있는데, '새롭다'는 말은 기존의 것과는 다르다는 의미이다. 로댕과 프로방스 여행이 그의 작품세계에 혁신을 불러일으켰을 정도로 중요한 의미가 있다는 말로 보아도 무방할 것이다.

2. 언어에 대한 위기의식과 새로운 언어 탐구

릴케가 '보는 법'에 관심을 가지게 된 것은 언어에 대한 위기의식에서 출발한다. 후고 폰 호프만스탈은 〈프랜시스 베이컨에게 보내는 샨도스 경(卿)의 편지〉(1902)에서 "저에겐 어떤 것에 대해 연관 지어 생각하거나 말하는 능력이 완전히 고갈되어버렸습니다"라고 했다. 언어와 실재 사이의 간극을 메울 수가 없다는 생각, 즉 현실을 객관적으로 인식해서 이것을 기존의 언어로 표현해내는 것이 불가능하다는 언어에 대한 위기의식이나 비판론은 호프만스탈뿐만 아니라 세기 전환기의 여러 작가나 사상가들이 공유했던 문제였고, 릴케 또한 마찬가지였다.

이러한 문제를 표현한 릴케의 작품으로는 초기 인상주의 계열의 시 〈저는 인간의 말이 너무나도 두렵습니다Ich fürchte mich so vor der Menschen Wort〉(1897)를 들 수 있다. 이 시는 한편으로는 합리주의와 실용주의에 물든 언어는 지나치게 명징하여 세상을 분열시키고 사물을 유기적인 맥락에서 고립시킨다고 두려움을 표현하고 있고, 다른 한편으로는 이성의 힘을 믿고 신과 견주려고 하는 인간의 오만함을 비판하고 있다. 신화와 신성을 품고 있던 산도 이제 이성적인 인간에게는 아무런 감흥도 줄 수 없게 되었다. 마지막 연에서 기존의 언어와는 다른 새로운 언어에 대한 가능성을 "사물들의 노랫소리를 저는 매우 즐겨 듣습니다"라고 표현하고 있다. 이 구절은 이 시기 이후 릴케의 작품세계의 발전을 단적으로 암시하고 있으며, 특히 "즉물적으로 말하기로의 발전"(1907년 10월 9일 클라라에게 보낸

편지)의 단초를 보여주고 있다.

저는 인간의 말이 너무나도 두렵습니다.

그들은 모든 것을 너무나도 분명하게 말합니다.

이것은 개라고 하고 저것은 집이라고 합니다.

이것은 시작이고 저것은 끝입니다.

그 의미도, 조롱 섞인 유희도 저를 두렵게 만듭니다.

어땠었고 어떻게 될 것이고, 그들은 모든 것을 다 압니다.

어떠한 산도 그들에겐 더 이상 경이롭지 않습니다.

그들의 정원과 농장은 신과 경계를 이루고 있습니다.

저는 계속 경고하고 방어할 것입니다: 떨어져 있거라.

사물들의 노랫소리를 저는 매우 즐겨 듣습니다.

그들이 사물들을 건드리면, 사물들은 경직되고 침묵합니다.

그들은 모든 사물들을 죽여버립니다.

기존의 언어로는 더 이상 아름다운 것이나 신성한 것을 표현할 수 없다. 그리하여 릴케는 탈신화화된 세계에서 진리를 포착하고 보존할 수 있는 새로운 형식언어를 구하려고 시도하게 되고, 그러한 시도는 사물에 대한 관심으로 이어진다. 사물에 대한 이러한 관심은 로댕과 세잔을 만나면서 보는 법을 학습하는 단계로 발전하게 된다.

3. 로댕과 '단순하게 보기'

릴케의 로댕 체험은 『로댕론』(1903년 출간, 1907년 3판부터 로댕에 대해 강연한 내용을 추가)에 잘 드러나 있다. 릴케는 로댕의 전기를 써달라는 청탁을 받고 1902년 파리로 갔다. 그는 로댕을 곁에서 지켜보면서 그의 작업 방식에 매혹되었다. 하나의 사물을 모사하기 위하여 그 사물의 모든 것을 하나도 빠짐없이 아는 것이 전제되어야 하며, 표면을 능숙하게 다루기 위해서는 수공(手工)의 근면성과 집중성이 필요하다는 것을 알게 되었다. 그리하여 이 조각의 대가는 대상의 "표면"을 드러나게 함과 동시에 "조형적 사물의 본질적 특성"도 예감할 수 있게 한다.

이러한 예술작품을 만들 때도 감상할 때도 전제가 되어야 하는 것이 올바르게 '보는 법'이다. 릴케는 토르소를 보고 미완성이라는 느낌을 가지는 사람이 있다면 그 사람은 "단순하게 보지" 못하고 복잡하게 생각했기 때문이라고 한다. 팔 없는 육체는 절대 완전하지 못하다는 생각은 고루한 고정관념이며 이것을 벗어나려면 '단순하게 보는 법'을 알아야 한다. 단순하게 본다는 것은 존재하는 모든 것을 무차별적으로 똑같은 중요성을 부여하여 보는 것이며, 학습되거나 이성적으로 규정된 범주, 즉 인습으로부터 해방되어야 가능하다는 의미이다. 기존의 예술규범의 테두리를 벗어나는 새로운 예술개념이 필요한 것이다.

1903년 8월 10일 살로메에게 보낸 편지에서 릴케는 자신의 예술 작업에 필요한 수작업적인 토대, 즉 로댕의 망치와 같은 도구를 필사적으로 찾고

있다고 토로한다. 그는 로댕이 가지고 있는 "손의 언어"에 상응하는 시인의 언어, 다시 말하자면 언어 '표면'에서 내적 본질이 더 잘 드러날 수 있는 언어를 찾으려고 애쓰고 있다는 말이다. 그러기 위해서 그는 '더 많은 인내심을 가지고, 더 깊이 몰두하여, 더 잘 보고, 관찰하기 시작했노라'고 밝히고 있다. 『말테의 수기』에서도 주인공은 "나는 보는 법을 배우는 거야 — 그래, 시작하는 거야"라고 말하고 있다. '보는 법'은 릴케의 중기 창작 시기에서 가장 큰 화두였다.

4. 프로방스 여행과 세잔

릴케의 '보는 법'에 대한 공부는 세잔을 만나면서 심화된다. 릴케가 세잔을 처음 만난 것은 세잔이 죽은 다음 해인 1907년 10월 6일부터 22일까지 파리의 살롱 〈도톤〉에서 열린 세잔의 회고전에서였다. 그는 이 회고전이 열리는 동안 거의 매일 전시장을 방문하였고 그 소감을 편지로 표현했다. 그는 10월 10일 아내 클라라에게 보낸 편지에서 "오랫동안 아무것도 보지 못했다가, 갑자기 올바른 눈을 가지게 되었소."라고 썼다.

1909년은 릴케에게 중요한 해였다. 『말테의 수기』를 마지막으로 손질한 해였고, 세잔을 재발견한 해였기 때문이다. 릴케는 1909년 처음 프로방스 지

역을 여행하였다. 그는 1909년 5월 하순 일주일 정도 생트마리드라메르, 아를, 레 보, 엑상프로방스 등을 여행하였고, 같은 해 9월 하순부터 10월 초까지는 아비뇽에서 머물렀다. 1911년 10월에는 남프랑스에서 두이노로 가는 도중 프로방스 지방을 거쳐가면서 아비뇽에서 하룻밤을 묵었다. 이것이 릴케의 프로방스 체험의 전부이다. 길지 않은 여행이었지만 릴케는 이 여행을 가장 기억에 남을 만한 여행 중 하나로 손꼽았으며, 언젠가 다시 가보고 싶다는 생각을 가슴에 품고 있었지만 생전에 실현하지는 못했다.

프로방스 여행에서 얻은 가장 큰 소득은 무엇보다도 세잔과의 재회였다. 릴케는 1909년 5월 28일 세잔의 고향인 엑상에 도착해서 아내 클라라에게 세잔의 흔적을 찾아볼 기대감을 다음과 같이 표현하였다.

어쨌든 여행길을 떠났음에 나는 종종 기쁨을 느끼고 있다오. 내가 본 모든 것들. 여행이란 정말 멋진 일이오. 하지만 결코 한 번도 제대로 보며 여행하지 못하고, 그냥 지나쳤을 뿐이오. 이제 제대로 보면서 여행한다면, 틀림없이 무엇인가 드러나게 될 것이라 생각되오······.

세잔은 1901년 엑상프로방스 지방의 북쪽 엑스에 땅을 구해 이듬해 그곳에 작업실을 마련하였다. 1906년 10월 15일 폭우 속에서 그림을 그리다가 쓰러져 심각한 폐렴에 걸리게 되었고 이것이 악화되어 10월 22일 세상을 떠났다. 세잔은 고흐, 고갱 등과 더불어 '근대 회화의 아버지'로 여겨진다. 그의 예술적 발전은 릴케와도 유사한 점이 많다. 릴케가 초기의 인상주의에서 벗어나 중기에는 사물시로 변모해갔듯이, 세잔도 인상주의적인 순

간이 주는 영향에서 벗어나서 색채를 통해 대상의
본질을 단순하면서도 동시에 항구적으로 포착하
고자 시도하는 경향으로 바뀐다. 그는 자연의 본
질은 표면이 아니라 심연에 있다고 생각했고 이것
을 화폭에 고정시키기 위하여 색채의 농담을 사
용하였으며, 르네상스 이후 미술에서 카논으로 굳
어진 원근법을 포기하고 다중원근법을 사용했다.
세잔의 생활 방식이나 작업 방식은 놀라울 정도
로 로댕과 비슷했다. 로댕과 마찬가지로 그는 가난
했고, 고독했으며, 엄청난 집중력으로 무의식적으
로 작업에 몰두했고, 보는 법을 중시했으며, 기존
의 전통에서 벗어난 새로운 예술을 창조했다. 릴케
는 1907년 10월 9일 아내 클라라에게 보낸 편지에
서 다음과 같이 말한다.

　　그는 작업실을 지나쳐 삼십 분쯤 더 간 계곡에서

"모티프 침잠상태"에 빠졌소. 그 앞에는 생빅투아르 산이 그의 모든 숙제를 짊어지고 형언하기 어려울 정도로 우뚝 솟아 있었소. 그는 거기에 몇 시간이고 앉아 "초안(草案plans)"(그는 매우 기이할 정도로 로댕과 똑같은 단어를 되풀이하여 말하곤 했소)을 찾아내어 받아들이려고 몰두하였소. 그는 실제로 로댕을 떠올리게 하는 말을 자주 하였다오.

세잔의 '모티프' 개념은 그림의 대상을 의미할 뿐만 아니라 동시에 관찰과 그리기라는 지난한 작업의 동기까지도 의미한다. 따라서 모티프(침잠상태)에 빠진다는 말은 그림으로 재현하는 작업이 시작되었음을, 즉 화가의 내면을 움직여 화폭에 옮기고자 하는 외적 대상과 관계를 맺는다는 의미이다.

같은 해 10월 21일 클라라에게 보낸 편지에서 릴케는 그림의 본질은 "색채의 상호작용"이며, 세잔

은 '눈에 순종하면서' '색채가 저절로 말하도록' 만들었다고 전한다. '성찰의 우회로를 거치지 않는다'는 것은 릴케가 로댕의 토르소에 대해 말한 '단순하게 보기'를 의미한다. 릴케는 세잔의 그림에서 로댕의 조각에서 발견한 것과 여러 모로 유사한 사실들을 발견한 것이다.

화가는 자신이 통찰하는 것을 의식하면 안 되는 법이라오(모름지기 모든 예술가가 그렇듯이 말이오). 발전은 성찰을 통한 우회로를 거치지 않고, 자신에게도 수수께끼같이 여겨질 정도로 급속하게 작업 속으로 들어와서, 발전이 작업에 틈입해오는 그 순간을 화가가 인식할 수 없어야 하오.

그 호기심 많은 사람이 은밀하게 눈의 내면에 순종하면서, 푸른색이 오렌지색을 불러내고, 초록색이 붉은색을 호출하는 것, 이것들이 말하는 것을 듣는 것.

5. 세잔의 생빅투아르 산

세잔이 만년에 그린 생빅투아르 산에서는 이전과
는 달리 전경과 배경의 재현에서 변화가 생겼다.
초기 그림에서는 원근법이 적용되어 거리감을 느
낄 수 있고, 따라서 가까이에 있는 집은 크게 멀
리에 있는 집은 작게, 산은 배경에 자리하고 있다.
하지만 후기의 작품에서는 주제와 덜 중요한 배경
사이의 구분이 없어지고 화폭의 모든 부분에 동
일한 중요성을 부여하여 재현하고 있다. 그리하여
그림을 보는 사람의 눈에 원경은 더 가깝게, 전경
은 세부를 생략한 덩어리로 원경처럼 표현되고 있
다. 즉, 근경과 원경의 구분이 없어지고 근경이든
원경이든 모든 대상이 같은 거리에서 본 것처럼 원

근의 차이가 하나의 화폭에서 융합되어 나타난다. 전통적인 시각을 벗어난 자유로운 시각으로 비사실주의적인 공간을 만들어내었다. 그리하여 계절이나 기후에 따라 모습이 변하는 그런 자연이 아니라 한 폭의 그림에 자연의 모든 것이 드러나는 그림을 완성하게 되었다. 세잔은 자연을 눈에 보이는 그대로 모사하는 것이 아니라 기존의 이성적인 시각을 포기하고 색채를 이용하여 눈에 보이는 자연의 표면 깊숙이 놓여 있는 본질을 재현하고자 했고 그 수단이 '색채'였다. 그리하여 지금까지 '깊은 곳'에 비가시적으로 머물러 있던 것을 가시적으로 만들었다.

1885~1895

1904~1906

자연은 표면이 아닙니다. 자연은 깊은 곳에 있습니다. 색채란 이 표면에서 깊이를 표현하는 것입니다. 색채는 지구의 뿌리에서부터 솟아오르지요.

자연을 화폭에 재현할 때의 핵심은 "자연과 평행한 구조와 조화"라고 세잔은 말했다. 계절에 따라 날씨에 따라 조석으로 변하는 가시적인 자연이 아니라, 날씨나 기후나 시간에 구애받지 않는 자연, 즉 자연의 본질을 재현하고자 했다. 시간을 초월하여 본질을 재현하는 작업은 추상적 개념을 형식언어로 재현할 수 있는 가능성을 제시한 것이며 릴케의 마지막 창작 단계에도 영향을 미치게 된다. 이러한 작업은 로댕이 그러했듯이 지극히 힘든 집중과 엄청난 수공업적 노력이 뒤따라야 한다. 1907년 10월 9일 클라라 릴케에게 보낸 편지에서 자연을 화폭에 실현시키기 위해 그림 외에는 아무것에도 전혀 신경 쓰지 않으며 심지어는 식사도 거르면서 몰입하는 세잔의 모습을 릴케는 '주인(=그림)에 순종하는 늙은 개'에 비유하고 있다. 이러한 과정에서 눈은 중요한 작용을 한다. 같은 편지에

서 릴케는 "바라보면서 확실하게 수용하는 과정과 습득하고 수용된 것을 개인적으로 이용하는 과정"은 "관념의 실현의 결과"이며 두 과정을 '조화'시키는 일이 지난함을 두 과정의 '불화'와 '투쟁', 그리고 '세잔의 안절부절'로 표현했다. 세잔은 1906년 9월 5일 아들 폴Paul에게 보낸 편지에서 그림 그리기의 어려움을 다음과 같이 표현하였다.

나는 화가로서 자연을 더 잘 볼 수 있게 되었지만 내 감정을 실현하는 일은 언제나 매우 고통스러웠음을 이제야 너에게 고백하고자 한다.

6. 조형예술과 즉물적으로 말하기

로댕과 세잔과의 만남을 통하여 '보는 법'을 심화시킨 "즉물적으로 말하기"의 결정체가 1902년부터 1907년 사이에 창작된 시들을 모은 『신시집』과 로댕에게 헌정한 『신시집 별권』에서 나타난 사물시Dinggedichte이다. 이 시집에 수록된 모든 시가 사물시는 아니지만 새로운 형식언어의 발견은 시집의 제목에 '신(새로운neu)'이란 수식어를 붙인 타당한 이유가 된다. 다음은 『신시집』에 실린 〈아폴로의 고대 토르소Archaischer Torso Apollos〉이다.

안구(眼球)가 성숙해갔던 전대미문의 머리를
우리는 알지 못했다. 그러나

그의 토르소는 촛대처럼 여전히 작열하고 있다.
그의 시선은 그 속에서, 다만 응축되어,

가만히 빛나고 있을 뿐. 그렇지 않다면야 솟아오른
가슴이 너를 눈부시게 할 수 있었으랴, 살포시
비틀린 허리에서 한 줄기 미소가 생식을 품고 있는
중심으로 흐를 수 있었으랴.

그렇지 않다면야 이 돌덩이는 양 어깨가 빤히 보이
도록
내려앉아 땅딸막하고 뒤틀린 채 서 있었으리라.
또한 맹수의 모피처럼 그렇게 반짝이지 못했으리
라.

또한 가장자리마다 별처럼 빛을
뿜어내지도 못했으리라. 그럴 것이 거기엔 너를 보

지

　않는 곳이란 한군데도 없기에. 너는 네 삶을 변화
　시켜야 한다.

이 시에서는 서정적 자아인 '나'가 겉으로 나타나
지 않으면서 대상이 묘사되고 있다. 시와 음악, 빛
과 치유를 주관하는 신 아폴론의 토르소의 겉모
습은 머리가 없는 몸뚱이, 근육질의 가슴, 살짝 비
틀린 허리, 팔이 없기에 급경사를 이루고 있는 어
깨 등이 세심하게 관찰되고 있다. 그러는 가운데
관찰자는 조각상이 은은히 발하는 빛에 의문을
가지게 되고 그 이유를 존재했었는지도 모를 머리
에 있던 시선이 토르소의 내면으로 들어가서 자리
잡고 있기 때문이라고 생각한다. 그 시선이 바로
몸통뿐인 조각상의 생명력이며 본질이다. 나아가
겉보기에 완전한 형태를 갖추지 못한 조각상은 한

낱 기형적인 돌덩이에 불과한 것이 아니라 오히려 관찰자의 인식의 변화를 요구("너는 네 삶을 변화시켜야 한다")하는 예술작품의 본질을 드러낸다. 사물의 겉모습에 대한 세심한 재현에서 사물이 스스로 말을 하고 본질까지도 드러난다. 관찰자의 외적인 시선은 사물의 내면의 시선을 이끌어내어 내면의 눈이 형성된 것이다.

가시적으로 드러나는 사물의 재현을 로댕은 '표면'을 통해, 세잔은 '색채'를 사용하여 그 배후에 놓인 사물의 진정한 존재, 즉 본질을 표현하려고 했다면, 사물시는 릴케가 언어를 통해 동일하게 표현하려 애쓴 결과물이다. 보는 법을 훈련하면서 관찰자와 대상 사이의 경계가 지양되고 안과 밖이 융합되는 새로운 연관성이 생겨난 것이다. 어떤 대상에 대해 자신의 감상이나 감정을 쏟아낸 초기의 작품세계와 달리 사물시에서는 대상이 저절로 말

하도록 하는 시쓰기를 추구하였다.

조형예술과의 만남에서 얻은 새로운 언어는 운문 뿐 아니라 산문에서도 나타나고 있다. 창작기의 두 번째 단계를 마감하는 소설『말테의 수기』에서 주인공은 작가와 작품이라는 전통적인 이분법, 전통적인 서사방식 등에 의문을 제기한다. 이러한 태도는 전통적인 르네상스 원근법에 의문을 제기한 세잔의 그것과 유사하다.

한동안 나는 모든 것을 쓰고 말할 수 있다. 그러나 내 손이 나에게서 멀어지는 날이 올 것이며, 내가 손에게 쓰라고 하면 손은 내가 의도하지 않은 말을 쓰게 될 것이다. [⋯] 하지만 이번에는 내가 써지게 될 것이다. 나는 변하게 될 인상이다.

7. 작품세계에서의 '전환'

릴케의 중기 작품이 조형예술에서 많은 영향을 받기긴 했지만 그 영향이 일방적인 것만은 아니었다. 릴케의 대표적인 사물시 중의 하나인 〈표범Panther〉은 이미 1902년 늦어도 1903년에 창작된 것이기 때문이다. 릴케는, 살롱 도톤에서 열린 세잔의 회고전을 보고 놀란 느낌을 클라라 릴케에게 전한 10월 10일 자 편지에서 알 수 있듯이, 자신이 알지 못했던 것을 발견한 것이 아니라 이미 인식하고 있었던 새로운 시적 언어를 다른 매체인 그림에서 발견하고 '전율'한 것이다.

　　그것은 내가 알고 있던 [⋯] 그림이 아니었소. 그것

은 내가 [시에서] 깨달았던 [것과 마찬가지로] 그림에
서의 전환이오. 나도 내 작업에서 마찬가지로 도달했
던 그 전환 말이오.

아무튼 세잔은 릴케의 시적 발전과 글쓰기 작업
에서 '전환'을 야기한 커다란 체험이었고 시적 자기
성찰을 심화시킨 중요한 계기가 되었다. 그는 언어
의 위기를 느끼고 새로운 언어를 탐색하는 과정에
서 조형예술, 특히 로댕과 세잔에게서 많은 자극과
영감을 얻었으며, 이를 자신의 글쓰기에 창조적으
로 수용하였다. 릴케의 문학적 발전과정에서 프로
방스 여행의 의미는 무엇보다도 세잔과의 만남을
통해 '보는 법'에 대해 지속적으로 성찰할 수 있었
다는 점이다. 후기 작품에서 두드러지게 나타나는
청각과 초시간적인 것에 대한 열망에 대한 맹아도
세잔 체험에서 드러나듯이 중기의 '보는 법'을 연습

하는 과정에서 이미 나타나고 있다. 그러나 여행 체험을 문학적으로 완전히 소화하고 수용하기까지는 어느 정도 시간이 필요할 것이란 사실을 릴케는 인식하고 있었고 우리는 그 결과물을 후기 작품에서 확인할 수 있다.

제가 한 그 여행은 대단했습니다. [···] 저를 둘러싸고, 제 옆에서, 제 눈앞에서 펼쳐졌던 많은 것들과 종종 엄청난 것들, 존재 그 자체는 여러 번 각인되었습니다. 그러나 그 가운데서 몇몇이 성장한 다음 저에게 돌아오도록 하는 일은 나중에야, 아마도 훨씬 나중에야 가능할 것입니다.

1911년 5월 14일 릴리 샬크에게 보낸 편지 중에서

릴케의 '토르소' 시에 영감을 주었다고 추정되는 두 조각상.

조형예술작품은 되풀이하여 릴케 시의 소재나 주

제가 되기도 하였고, 이론적인 글이나 미학적 성찰의 대상이 되었다. 특히 로댕과 세잔은 새로운 현대적 형식언어를 만들어낸 그의 미학적 혁신에 지대한 영향력을 행사하였고 그 산물이 중기를 대표하는 시집 『신시집』에 고스란히 녹아들어 있다. 이 시집은 그가 조형예술을 통해 '보는 법'에 대한 고민과 성찰을 하고 난 깨달음을 언어로 옮긴 결과물이라 할 수 있다.

비록 후기로 가면 가시적인 것은 비가시적인, 초월적인 본질로 전환되지만, 그럼에도 프로방스 여행 체험은 후기의 시인 〈두이노의 비가〉와 〈오르페우스에게 바치는 소네트〉에도 어느 정도 반영되고 있다. 『신시집』에서 릴케는 초기 시에서 드러나는 감상적, 인상주의적, 유겐트슈틸적, 낭만주의적 성향에서 탈피하여 '새로운 즉물성'이라는 미학적 혁신을 일구었다.

Valence
KOTTISCHE ALPEN
RHONE
Montélimar
Donzère
DURANCE
St Esprit
Vaison la Romaine
Mondragon
Sisteron
Mt.Ventoux
VAR
Orange
Digne
Carpentras
Uzès
Villeneuve lès Avignon
Venasque
Forcalquier
Avignon
Pont du Gard
Gordes
Manosque
Apt
Nîmes
St-Rémy
Grëoux
Tarascon
Cavaillon
Les Baux
St-Gilles
Fontvielle
DURANCE
Grasse
Arles
CAMARGUE
L'Estér
LaCrau
Mt. Ste Victoire
Draguignan
Aigues-Mortes
Aix en Provence
Et. de Vaccarès
Et de Berre
Fréjus
St-Rap
Les Saintes Maries de la Mer
G. de Fos
Les Martigues
Monts des Maures
Marseille
St-Trop
La Ciotat
Cassis
Toulon
Hyères
N
W
O
S
MITTELLÄNDISCHES MEER